Carta à rainha louca

Maria Valéria Rezende

Carta à rainha louca

3ª reimpressão

Copyright © 2019 by Maria Valéria Rezende

Agradecemos ao apoio de:

Grafia atualizada segundo o Acordo Ortográfico da Língua Portuguesa de 1990, que entrou em vigor no Brasil em 2009.

Capa
Estúdio Bogotá

Imagens de capa
Rosto: Luke Braswell/ Unsplash; Flor: Annie Spratt/ Unsplash; Mar: Thierry Meier/ Unsplash; Céu: Samuel Zeller/ Unsplash; Mãos: Craig Whitehead/ Unsplash; Crucifixo: Boston College Libraries; Brasão e lua: British Library; Bigorna: Cronislaw/ iStock; Pena: yvdavyd/ iStock

Preparação
Fernanda Villa Nova

Revisão
Marise Leal
Adriana Bairrada

Os personagens e as situações desta obra são reais apenas no universo da ficção; não se referem a pessoas e fatos concretos, e não emitem opinião sobre eles.

Dados Internacionais de Catalogação na Publicação (CIP)
(Câmara Brasileira do Livro, SP, Brasil)

Rezende, Maria Valéria
  Carta à rainha louca / Maria Valéria Rezende. – 1ª ed. – Rio de Janeiro : Alfaguara, 2019.

  ISBN: 978-85-5652-082-1

  1. Ficção brasileira I. Título.

19-23925   CDD-869.3

Índice para catálogo sistemático:
1. Ficção : Literatura brasileira   869.3

Iolanda Rodrigues Biode – Bibliotecária – CRB-8/10014

[2021]
Todos os direitos desta edição reservados à
EDITORA SCHWARCZ S.A.
Praça Floriano, 19, sala 3001 — Cinelândia
20031-050 — Rio de Janeiro — RJ
Telefone: (21) 3993-7510
www.companhiadasletras.com.br
www.blogdacompanhia.com.br
facebook.com/alfaguara.br
instagram.com/editora_alfaguara
twitter.com/alfaguara_br

Já não era uma menina com seu livro, era uma mulher com seu amante.
Clarice Lispector

PARTE I
1789

enhora,

Perdoai, Vossa Majestade Fidelíssima, a esta mulher — enlouquecida pelas penas do amor ingrato e de grandes vilanias cometidas por aqueles que se creem mais poderosos do que Vós mesma — por vir-Vos interromper, com o relato de seus sofrimentos de mínimo relevo, em Vossas orações e em Vossos atos régios tão urgentes para Vosso Reino e para aquele de Deus.

Por louca e desobediente encarceraram-me neste Recolhimento da Conceição, no alto das colinas desta cidade de Olinda, famosa por sua beleza e pelo fausto ostentado em outras eras, quando branco e doce era o ouro destas terras. Bela cidade que a mim, porém, não delicia, pois quase só a vejo retalhada pelas grades da única e estreita janela desta cela de não mais que uma braça quadrada.

Há já longo tempo me trouxeram para cá, com o fim de aguardar alguma nau de carreira que me levasse a Lisboa, para ser julgada pelas Cortes por um crime que me foi assacado, mas aqui me esqueceram. É para que me recordem que agora Vos escrevo, Senhora, pois que em Vós se juntam duas cousas que de raro se podem reunir: o serdes rainha de cetro e coroa, capaz de ordenar e fazer o bom e o justo, acima de todos e quaisquer súditos, de qualquer sexo, que habitem as Vossas terras, e o serdes mulher, capaz de saber o que sofre outra mulher que clama por justiça.

Há mais de dois anos vêm e vão as Vossas frotas e não me levam. Já neste ano da graça de mil e setecentos e oitenta e nove, por aqui passou Saudade, também passou Flor do Mar e Santa Helena e Madalena e Rosa e todas as santas, nobres ou plebeias, que vogam no mar oceano. Vinham de África, pejadas de negros destinados a matar a fome das

Vossas minas que os devoram sem demora. Passados poucos meses, pude vê-las na linha do horizonte, voltando para o Reino sem aqui aportar, abarrotadas de ouro, por certo, sem me levar.

Muito tenho hesitado em escrever-Vos, pois bem sei que mesquinhos são os infortúnios que Vos hei de relatar se comparados àqueles trabalhos que, desde Vossa régia infância, certamente tendes passado, que Rainha sois, mas nem por isso sois menos mulher, e sofrer e chorar é o quinhão de todas as filhas de Eva, não obstante sua condição neste mundo, ~~porque em todas as condições, aqui nestas colônias, em África, nas Índias, na China ou no Reino, no paço real ou na mais pobre aldeia do Vosso Império, estão submetidas às leis dos homens que muito mais duras são para as fêmeas e só para elas se cumprem, pois todos os seus pais e irmãos e maridos e filhos e varões quaisquer, clérigos ou seculares, só as querem para delas servirem-se e para dominá-las como aos animais brutos se faz, blasfemando vergonhosamente ao emprestar-lhe a Deus Nosso Senhor tão cruel desígnio~~. Perdoai-me a rasura, Senhora, que se me ia a pena correndo sem peias pelo papel. Corria a pena levada por inconvenientes palavras que teimam em escapar do sítio onde trato de tê-las bem atadas no meu espírito — já que delas não me posso livrar — para que não me venham a fugir pela boca e dar razão a quem por louca me toma.

Ao fim de alguns meses nesta cela encerrada — donde só me deixavam sair para as orações na capela e para servir na cozinha —, numa noite na qual brilhava a lua e não me vinha o sono, como sempre me acontece, e fico então a mirar a estreita faixa de oceano que me permite a exígua janela — com saudades de uma vastidão que não conheço, mas minha alma deseja tanto! —, vi claramente passarem velas brancas bem próximas deste outeiro, os navegantes poderiam ouvir-me se eu chamasse, pensei. Esperancei-me, gritei com todas as forças, sem que, porém, me ouvissem os marinheiros, e por muitos dias desatinei e bradei com dor e fúria. Ouviram-me, sim, as outras que vivem entre as paredes deste ergástulo, de modo que me disseram lunática e, por castigo de meus gritos e convulsões, me trancaram na cela, tomando-me por histérica ou mesmo possessa de um demônio, razão pela qual me mandavam algumas vezes aspergir com água benta e rezos em latim por anos, que mais os alongavam cada vez que a conjunção dos astros e as dores da alma e do corpo desencadeavam meu desespero e meus gritos. ~~Mas eu, por mim, digo que mais loucas e enganadas pelo Maligno são elas que se deixam prender, maltratar e tosar como ovelhas, caladas, que a tudo se submetem. Mais loucas ainda estão as que deviam ser as mais dignas, aquelas que têm a autoridade neste Recolhimento, fazem-se chamar Madres pelas demais e deveriam protegê-las, conhecer seu lugar e pelejar pela verdade, mas fingem júbilo quando aqui aparecem os lobos vorazes que se apresentam como seus benfeitores e, sem lutar, deixam esvair-se a vida como se muitas vidas tivessem. Loucas, tolas, sim, são as que jamais gritam.~~

Peço-Vos benevolência para com esta que Vos escreve uma carta assim desordenada, na qual muitas rasuras haverá, que delas não me poderei furtar por andarem-me as ideias à roda, de tal modo que eu mesma por vezes me suspeito insana. Como poderia eu, de outro modo, conceber as estranhezas que penso e jamais ouvi pronunciar por outrem?

Prosseguirei nas folhas rasuradas não por desrespeitosa para com Vossa Majestade, mas por pobre e humilhada que vivo, mulher, destituída de bens, dada por douda e sem contar com varão que me assegure alguma proteção. Meu pai, Deus o levou há muitos anos, outros do meu mesmo sangue nunca conheci, jamais vieram a estas terras; Gregório, o velho negro que devotadamente me auxiliava e protegia, não como escravo mas sim livre e grato a meu pai que jamais pensou em escravizá-lo e como seu irmão o tinha, levaram-no agrilhoado e certamente em suplícios o mataram; o bastardo Diogo Lourenço de Távora, que me comoveu com o relato de suas desditas e um dia jurou amar-me apenas para colher a flor da minha inocência, quem sabe por onde andará, a colher e a desfolhar outras donzelas. Assim vivo destituída de tudo, senão de meus pensamentos e palavras ditas a mim mesma e a Deus, de minha honra, minha fé e duas cuias de papa de milho a cada dia, ordenadas ao Recolhimento pelo oficial do Reino que aqui me encerrou. ~~Porque nestas colônias que se dizem Vossas, mas são mais do Demônio do que Vossas, é assim que se vive quando não se tem rendas, tratados os cristãos pobres como se fossem menos do que os animais de trabalho.~~

Já não me restam senão farrapos da ganga que cobria minha enxerga de palha, único bem que me permitiram trazer comigo, e ando mal coberta de andrajos e vergonha. Só não vivo inteiramente desnuda, como uma bugra, porque de mim se apiedou uma das escravas desta casa — as únicas aqui que são certamente santas tanto por sua bondade quanto porque desde antes de seu nascimento têm sofrido como sofreu Nosso Senhor Jesus Cristo e são d'Ele a mais perfeita imitação, como já o dizia o sábio e afamado pregador Padre António Vieira, que, quiçá por essas comparações, tenha passado vários anos processado, preso e castigado pelo Santo Ofício, como ouvi contarem na Bahia —, deu-me uma bata de ralo madrasto, das que tecem elas mesmas para se vestirem, e fabricou para meus pobres pés uns grosseiros tamancos de madeira que muito me têm servido desde então.

Não cuideis que exagero, Majestade, pois é a pura verdade o que Vos digo. Esse é o destino das mulheres que, não sendo cativas por lei, talvez cheguem a viver em maior penúria e abandono do que as mulheres escravizadas e vendidas a bom preço nos mercados, porque a estas proveem os senhores de um mínimo para que não se lhes perca o cabedal, como não se deixa perder por nada uma mula ou um jumento, pois uma única negra jovem o bastante e de boa saúde para parir outros cativos ou bastardos para seu dono chega a valer muito mais do que um rebanho de dezenas de reses. Já as mulheres brancas que nada possuem, tal qual sou eu, que não servem para o trabalho nos canaviais e nas minas nem para parir crias cativas para seus senhores, sem dote para casar-se nem para tornar-se monjas nos mosteiros ou em simples recolhimentos desta terra, não estando destinadas a dar-se em matrimônio como penhor de alguma aliança, não se podendo tampouco vendê-las ou não se querendo comprá-las, nada valem, ainda menos se algum homem as desonrar à força, cousa tão fácil de acontecer nesta terra sem lei onde eles tudo podem. Ninguém gastará com elas seus bens nem se importará com a sua decência e não terão com que cobrir-se, a menos que tenham a desvergonha e os dotes de corpo para oferecerem-se como rameiras no fundo das bodegas e estabelecerem-se em bordéis. ~~E de nada lhes adianta queixarem-se aos oficiais do Reino, nem ao bispo ou aos frades, porque no mínimo lhes~~

~~farão ouvidos moucos, e, se calhar, antes as preferirão despidas para nelas satisfazer sua luxúria do que vestidas e guardadas na inocência.~~

Não creiais, Senhora, que assim são as cousas apenas para as mulheres de baixa condição, como eu, filha de um labrego de terras pobres de Vosso Reino que, esfalfado de lavrar inutilmente um chão de pedras, meteu-se na marinhagem. Sempre foi assim nesta beira de mundo, mesmo para as santas e nobres freiras clarissas que vieram de Évora, no ano de mil seiscentos e setenta e sete, para aqui fundarem, na cidade de São Salvador, o primeiro mosteiro de monjas com votos solenes a santificar estas terras, sendo todas elas de boa estirpe e professas de véu preto. Depois de viverem por anos no convento do Desterro, quando se lhes gastaram os trajes trazidos nas arcas do enxoval dado por El Rei para que cruzassem o oceano, já não podiam sequer apresentar-se no coro e menos ainda no parlatório por falta de hábito com que se vestir. Enquanto isso, iam e vinham as cartas da Bahia a Lisboa e de lá para cá, em controvérsias sem fim sobre a matéria, sem que nem a Abadessa do Desterro, nem os homens-bons do Senado da Câmara da Cidade de São Salvador, nem os senhores Ministros da Mesa de Consciência e Ordens em Lisboa, nem os benfeitores do Mosteiro de Évora pudessem ou se achassem obrigados a vesti-las, de modo que todas elas, até mesmo a primeira e venerável abadessa, Dona Margarida da Coluna, diz-se terem passado grande parte de seus dias na Bahia trancadas em suas celas, pela indecência que seria andarem elas esfarrapadas, mostrando pelos claustros suas pobres carnes, até que as mandassem de volta ao seu convento de Évora e, creio, se assim não fosse sequer mortalha teriam quando partissem deste Vosso mundo para o dos céus. Que aqui não se podem fiar nem tecer nem coser panos e trajes finos dignos das brancas fidalgas, e tudo se tem de comprar por alto preço do que vem nos barcos de Portugal, em troca do açúcar e do ouro que daqui vão, pois Vós mesma confirmastes as proibições que a Coroa manteve, estando sempre atentos Vossos oficiais a descobrir e destruir teares e manufaturas que por aqui se encetam, por razões que decerto fazem algum sentido para Vossa Majestade e Vosso Reino, mas meu fraco juízo não chega a compreender. ~~A única razão que me ocorre para que assim procedais é a de que, se desnudas estiverem as mulheres, mais~~

~~lesto as emprenharão os machos e mais se multiplicará o número de Vossos súditos reinóis para garantir Vosso domínio sobre estas terras e de mãos para arrancar delas a riqueza que sob elas se esconde, para a glória de Vossa Coroa e de Vossa Igreja, pois até a nossos remotos ouvidos chegam as notícias de quão custoso é para a Coroa manter, como manda a tradição estabelecida por Vossos nobres ancestrais, o fausto e a constante movimentação de Vossa Corte por todo o Reino de modo que por toda a parte se lembrem Vossos súditos de Vosso tremendo poder e que Vossos vários palácios e castelos e terrenos de caça não percam nada da magnitude que lhes transfere a presença da Família Real, com sua riqueza, de sua Corte e dos altos dignitários de Vossa Igreja.~~

Não duvideis, Senhora, nem penseis ser fruto de meu juízo desvairado esta história que Vos conto sobre os trajes das nobres monjas fundadoras do Desterro. Encontrareis tudo isso firmado em papéis e autógrafos e rubricas e selos e sinetes de todos esses senhores e senhoras, bem guardados no cartulário do convento da Bahia onde, por anos, gastei minha vista copiando registos à luz de velas e toscas candeias. Se um dia o forem verificar no Desterro, só darão falta de alguns fólios que eu mesma dali furtei e que hoje me servem para escrever-Vos como Vós mesma podereis ver. Por certo, porém, idênticos papéis em muitas cópias deverão achar-se nos Vossos arquivos ultramarinos em Lisboa, pois para lá se destinavam ou de lá vinham. Bem sabeis com que escrúpulos se copiam e recopiam os papéis nesses Vossos reinos, para que não restem dúvidas sobre quem neles tem o poder, para que se possam comodamente alimentar, abrigar e vestir às Vossas custas a milhares de copistas, escrivães, amanuenses e notários e para que se percam e se confundam os espiões ao se aventurarem nos labirintos de Vossos escaninhos, mais bem guardados por Vossos funcionários do que o seriam pelo touro de Creta — por certo para que não haja perigo de que lhes desvendem os segredos e lhes tomem a propina — e nos quais nenhum Teseu poderá encontrar-se, pois o fio de Ariadne ali haveria de enlear-se para sempre. E para que também vivesse, devo confessar, por puro atrevimento e por meio de muitos perigos, esta Vossa serva que lê e escreve contra todas as regras deste mundo e contra todos os ditames da Fortuna e, à custa de copiar tais documentos por noites a fio, podia arrancar alguns preciosos tostões à monja cartorária do Desterro.

É, pois, furtado todo papel em que Vos escrevo ou escreverei, pois que de outro modo uma pobre mulher, sem família, nem renda, nem destino, não poderia obter cousa tão preciosa como estas folhas que escondi na minha enxerga e não hei de desperdiçar ao preço de não mais poder-Vos escrever. Agora, embora continuem a dizer, numa de suas faces, as mentiras que brotam das penas dos escrivães, haverão de estampar no verso a verdade que minha alma já não pode calar. Há muitos anos comecei a furtar e juntar maços de papel que abundavam nos arquivos do Convento do Desterro, quando era ainda pouco mais que uma criança e ali servia à minha senhora, Blandina de Castro e Freitas, em religião Sóror Blandina das Sete Chagas de Cristo, também ela apenas uma menina, monja de véu preto naquele mosteiro onde a meteu à força o próprio pai. Para que me serviria esse papel não o saberia dizer naquele tempo, mas, para quem nada possuía senão ideias e dores, qualquer bem material era um tesouro e pouco a pouco eu substituía por papel quase toda a palha de meu enxergão.

Terão sido as Virgens Prudentes, minhas protetoras, que me guiaram nesses atos, Senhora, pois nada mais me restou senão o papel em que Vos escrevo e a pouca tinta que trato de fazer durar diluindo-a com água, que em alimentos e mezinhas para minha senhora Blandina gastaram-se todas as moedas, centenas, talvez milhares de cruzados que ganhei com o trabalho feito às escondidas para a monja secretária do Desterro. Aquela senhora, Dona Adélia d'Ávila, em religião Sóror Adélia de Santa Adélia, filha de uma das mais poderosas casas da Bahia, proprietária dessa posição, dela só aproveitava o prestígio, já que nada mais poderia ganhar, por ser incapaz de decifrar escritos e ainda mais incapaz de copiá-los em bom estilo. Para não perder a distinção conferida pelo cargo, porém, que a seu pai muito dinheiro custara, para cumpri-lo em seu nome a mim me pagava em segredo. Noites e noites passei em claro, no silêncio e nas sombras daquela biblioteca, a copiar para os arquivos as cartas e documentos que ali chegavam e dali partiam, para que Dona Adélia luzisse como douta e letrada perante a sociedade da Bahia. E devo confessar, Senhora, que também ganhei com minha escrita outros tostões, de origem vergonhosa, na esperança de que, declarando-Vos até mesmo meus pecados, me torne digna de crédito quanto à verdade de tudo que Vos escrevo. A isso induziu-me o impudente Diogo de Távora, que me trazia versos cheios dos impropérios e indecências que, de há muito tempo, escreviam um certo Gregório de Matos e seus imitadores, ainda então apreciados, quiçá por dizerem grosseiras verdades, e vendidos a bom preço naquela Bahia dita de Todos os Santos, ainda que tão poucos o sejam, se é que ali existe algum. De tão raros e proibidos que são aqui os livros e escritos, farto cabedal deve ter ele amealhado com as cópias desses versos obscenos, sigilosamente feitas por mim, vendidas por ele nas tabernas, devolvendo-me apenas alguns punhados de cobre de pouco valor. Ah, Senhora, com que facilidade nos deixamos enganar, nós, as mulheres sem astúcia, quando temos o coração cativo de uma boca e de uns olhos falsos!

De tal modo agarrou-me o costume de viver no escuro que, mesmo quando não tinha cópias a fazer, ali entre os papéis e livros me metia pelas noites adentro, a ler tudo o que me inspirava a fantasia e me permitiam os restos de vela roubados dos altares ou mesmo algumas brasas vivas que trazia do fogão numa concha de ferro. Aprendi assim a criar dentro de mim mesma lugares de uma vida livre, protegida pelas trevas, da qual ninguém mais podia suspeitar. Confesso-Vos, Majestade, li todos os livros proibidos que ali vinham parar como parte importante do dote de alguma monja, não para serem folheados pelas religiosas, mas apenas para que deles lançasse mão a Madre Ecônoma, quando faltassem ao convento os bens pecuniários, já que nesta terra valem como joias, apenas para agradar à vaidade de senhores incultos desta colônia, na qual Vossa Majestade, como Vossos antepassados, decerto prudentemente, não permitis que se escrevam nem se imprimam livros. Li-os todos, muitas dezenas deles, em língua portuguesa, castellana ou latina, que de todas elas eu tinha conhecimento recebido do padre-mestre do Engenho Paraíso, onde me criei. Disso talvez se tenha feito a minha loucura, pois, segundo me dizem, nenhum espírito de mulher, salvo decerto as de linhagem real como Vós, é capaz de suportar o peso do saber.

Sempre duvidei, porém, Senhora, de ter tão fraco espírito, pois, se assim fosse, como poderia eu suportar, por anos, as noites em vigília e os dias a servir incansavelmente à minha Dona Blandina, que sofria sem alívio em seu corpo e em sua alma, deixando-se morrer cada dia por suas imensas dores de amor, desde o desaparecimento do autor de sua desgraça e da minha, o belo e mau Diogo Lourenço de Távora, que se diz bastardo de uma infeliz família acusada, injustamente, pelo Marquês de Pombal, de tentar o regicídio contra Dom José I, Vosso Pai — ~~que cometia ele próprio, diariamente, tal tentativa de regicídio contra si mesmo, já que a ninguém escondia suas desvergonhas amorosas, como parece ser o privilégio dos reis, metendo-se quando queria na cama da própria cunhada de Diogo, irmã e nora dos Marqueses de Távora, e que por ela ou por outras abandonava suas tendas reais nas aforas da cidade e passeava-se sem guardas pelas mais escusas ruas de Lisboa, às altas horas da noite, expondo-se ao assalto de qualquer bandoleiro que se escondesse por entre os escombros que ainda restavam do terremoto e dos incêndios que mataram tantos pobres, mas por artes de anjos, bons ou maus, pouparam a Realeza e sua Corte.~~

    Foi com relatos pungentes a brotar-lhe em jorros da boca perfumada a cravo-da-índia que Diogo Lourenço nos comoveu e seduziu, contando-nos, entre lágrimas, seus sofrimentos de menino bastardo, rejeito de uma grande família, obrigado a servir a seus próprios irmãos aos quais aprazia fazerem dele alvo de suas facécias, usá-lo como seu joguete, pô-lo a correr a quatro patas, como um cãozinho, para trazer-lhes de volta um bastão ou uma pelota, a competir com os verdadeiros cães, obrigado a ouvir sem protestos chamarem rameira à sua pobre mãe.

    Sei, porém, que Vossa Generosidade desejou resgatar do opróbrio o nome dessa família dos Távora, embora não lhes possa devolver a vida antes ceifada, e perdoou os demais condenados naquele caso, abrindo as portas dos cárceres, permitindo que retornassem de seu degredo nas Índias ou em África, segundo ouvi dizer há poucos dias, numa tarde em que servia no parlatório a algumas visitas recém-chegadas da Corte. Foi o conhecimento dessa Vossa bondade que me incitou a escrever-Vos para que, sabendo como sofrem as mulheres encerradas à força nos conventos desta colônia usados como calabouços para elas em razão de crimes que não cometeram, queirais fazer valer Vosso poder para salvá-las. Por isso é que Vos conto tudo o que tenho visto, ouvido e sofrido em minha própria carne, esforçando-me sempre inutilmente por remediar o mal que nos fazem.

Ah, Senhora, tratei sem descanso de minha Blandina, a quem, embora eu fosse pouco mais que uma escrava, amava como à irmã de sangue que nunca tive. Tratei-a com todos os cuidados a meu alcance, mas nada pude fazer para salvá-la, pois era ele, o bastardo, o único remédio que lhe servia. E ele se fora sem dizer para onde. Gastava eu, até o fim, todo o dinheiro que podia ganhar com meu trabalho de escrivã e com a venda, no incessante mercado que reinava nos corredores daquele convento, do que restava das poucas joias, das boas roupas brancas de puro linho, herdadas por Dona Blandina de sua avó, de uma imagem preciosa do Menino Jesus que ela possuía desde seu batismo e até de pequenas cousas que a caridade me fez furtar do mosteiro e vender nas ruas, em busca de quem soubesse onde encontrá-lo. A última notícia que tivemos dele, porém, foi de que se fora para o reino de Hermera, na ilha do Timor, de que tanto nos falava, lugar muito remoto, do outro lado do mundo, por onde andam também os portugueses, e nem minha senhora nem eu podíamos adivinhar onde ficava.

Eu pobre sempre fui, mas minha senhora Blandina por ele empobreceu inteiramente porque o pai dela, por ódio ao mal que sua filha deixou Diogo fazer-lhe, pagou um alto dote necessário para metê-la no Desterro, deu-lhe duas velhas escravas, sua mãe de leite Engrácia e a honrosa Bernarda, de pouco valor no mercado mas que nos queriam bem, e esqueceu-se dela. Nunca permitiu que ninguém de sua família a fosse ver na grade nem lhe enviasse alguns míseros réis, algum mimo ou vitualha. Se eu mesma não tivesse fugido do engenho para vir servi-la, não tivesse meu saber das letras para trabalhar por ela, teria de viver das papas de milho e das mandiocas e inhames cozidos que eram tudo o que vinha da cozinha do mosteiro.

Pode causar-Vos pasmo, Senhora, que um mosteiro no qual estão as filhas, algumas vezes todas elas, das mais poderosas e ricas famílias da Bahia seja tão mesquinho nas refeições que oferece ao comum de sua população. Na verdade, não é assim que comem as monjas nem mesmo suas servas e escravas, para as quais sempre fica algum sobejo dos pratos das senhoras, porque as demais famílias, certamente por remorso de lá haverem encarcerado suas filhas, a maioria delas sem nenhuma inclinação para o claustro, enviam-lhes regularmente fartos mantimentos ou o dinheiro para comprá-los, não só para sua manutenção cotidiana mas até para as merendas que se servem no parlatório e as festas que aí se realizam, como as de Carnaval, as mais famosas da Bahia. As rendas do próprio convento, advindas dos dotes das freiras, e outras rendas que chegam às mãos delas como fruto dos patrimônios que a casa foi acumulando — pela generosidade real, ou por legado de pecadores empenhados em salvar suas próprias almas à custa das orações das monjas, ainda que cantadas em mau latim — são quase inteiramente empregadas para a glória de Deus, em espórtulas de missas, estipêndios para famosos pregadores e capelães — para atrair de longe as grandes famílias, encher o templo, consolar as encarceradas e justificar-lhes a vaidade — e gastas em incensos e flores e ricos adornos dignos da santidade da capela, das celas das monjas e de todos os espaços daquela vasta morada, já que são essas as provas da superior qualidade dos senhores fidalgos destas terras e as formas usuais de lembrar a todos o seu justo poder, ~~ainda que não sejam justas as ações que desse poder emanam~~.

Deve causar-Vos orgulho a riqueza e fausto daquele Vosso mosteiro e certamente alegrar-se-iam Vossos olhos se pudessem ver, junto à porta de entrada do coro baixo da igreja, a comovente imagem do Senhor dos Passos, obra do mais fino escultor, que se diz ter cobrado a fortuna de trinta e seis mil réis, sem contar a paga ao barqueiro para atravessar com ela a baía de Todos os Santos e levá-la a receber a bênção do Arcebispo. Talvez mais bela e mais rica veríeis a imagem de Nossa Senhora das Dores, num nicho do outro lado dessa entrada, mirando compungida seu Filho sofredor, ou ainda os grandes e belos quadros pintados no teto desse coro para que sobre ele meditem, ou pelo menos se distraiam de suas saudades e melancolia as mulheres ali emparedadas.

Como posso descrever-Vos as riquíssimas imagens de São Francisco, do lado do Evangelho, e a de Santa Clara, do lado da Epístola, enfeitando os flancos da capela-mor, acima dos magníficos painéis de azulejos? Embora os modelos para tais estátuas houvessem escolhido a pobreza como sua senhora, tanto amam essas monjas a Santa Clara que lhe fizeram presente de resplendor, custódia e báculo de prata, para o diário, e outros de ouro, para os dias de grande festa, tal qual elas mesmas, filhas de senhores ricos desta colônia, creem que devem ser adornadas. O que Vos dizer dos ostensórios de ouro lavrado ou do famoso sacrário de prata, que uma santa religiosa mandou fazer em Portugal com seus próprios recursos e esmolas dos fiéis. Espantoso é o requinte das numerosíssimas alfaias do Desterro, abundância de paramentos, coroas, resplendores, cálices, salvas, castiçais, relicários, expostos nos deslumbrantes oratórios a ornar as celas das monjas ~~e que deveriam levá-las à oração permanente, não fossem as mais delas tão levianas e seduzidas pelas cousas deste mundo ou não estivessem elas já enfastiadas de tanto brilho e sempre desgostosas de estarem ali trancadas, tendo como única distração o rivalizar umas com as outras na aparência e riqueza delas mesmas e de seus objetos~~, e como descrever-Vos as vestimentas bordadas e joias preciosas com que cobrem suas imagens do Menino Jesus, de modo novo revestido a cada ano, para expô-las no parlatório ao tempo do Natal ~~e dissiparem-se~~ diante de toda a sociedade baiana, atraída então às grades do mosteiro.

Certamente nada disso Vos parecerá excessivo, que mereceis e tendes todo o ouro deste mundo, pelo fausto com que sabemos haver vosso avô, o Rei João V, ornado igrejas e conventos e palácios de Vosso Reino, é possível que, se vísseis as riquezas do Desterro na Bahia, não Vos parecessem mais do que adornos da baixa fidalguia provinciana. A mim, porém, não conhecendo antes senão as riquezas do Engenho Paraíso, que eu então passei a perceber como quase miséria, confesso que me espantava e confundia o fausto do convento do Desterro. Creio que se ali entrasse um infiel, vindo de lugar estranho sem ser avisado de que aquela era uma casa santa, feita para se dedicarem as mulheres cristãs à oração e ao sacrifício por mal dos pecados deste mundo, jamais o poderia suspeitar ~~e antes supõria que se tratava de um harém como os dos moiros~~, tais eram o rumor e a aparência de futilidade que se percebiam pelo incessante movimento por todos os seus corredores e esquinas de monjas, servas, escravas e as meninas que estavam a esperar a idade certa para fazerem os votos ou serem negociadas em casamentos úteis às suas famílias — já ali encerradas desde crianças e chamadas de pupilas, destinadas ao claustro ou à dominação de maridos interesseiros muito antes de poderem saber o que desejariam da vida —, e mulheres casadas, ali aprisionadas temporariamente por seus desconfiados maridos quando partiam em viagens ~~ou delas queriam livrar-se para melhor gozar da vida devassa.~~

Com minha fraqueza de espírito, a custo continha eu o riso quando assistia às solenes coroações da Virgem Maria, enquanto avançava para o altar a monja ofertante da mais bela coroa para a Mãe de Deus, ao ouvi-las cantando: "minha Mãe, eu bem quisera/ possuir grandes tesouros/ para dar-te, neste dia,/ uma linda coroa de ouro./ Pobre de mim não posso dar-te/ rubis e nem dar-te tesouros./ Fui ao campo, e eis a coroa/ que urdi com singelas flores". Ah, Senhora, com que seriedade e inconsciência cantavam, como se nenhuma contradição houvesse em que a coroa que levavam fosse de fato feita em ouro cravejado de rubis. Era para elas natural, não só que a Deus e aos santos se oferecesse o que de mais belo e rico se pudesse obter, como o viverem elas mesmas cercadas de riquezas ~~por elas consideradas ainda insuficientes para desagravo da vida contrariada que levavam. Sua maior alegria era poder comprar cousas inúteis que as fizessem se sentir mais valiosas umas do que as outras, em eternas contendas por saber qual a mais rica e mais bela.~~ Quase todas as semanas havia algum dia em que os dois lados da grade do parlatório transformavam-se em grande e animado mercado. Compreendeis assim, melhor, o quanto sofria minha senhora Blandina, que nem lhe interessavam essas cousas e por saber notícias de Diogo Lourenço a todas elas malbaratou.

Um dia, veio ao parlatório do convento um algibebe, como sempre os havia, e eu quis lá levar minha senhora, que se lhe desfranzisse o cenho e talvez se distraísse com as bufarinhas vendidas pelo homem.

Sendo pobre ela, mais do que eu, quiçá lhe pudesse ofertar algum mimo com os tostões que aquele dia eu ganhara da Madre Cartorária. A maioria das bugigangas oferecidas por esse bufarinheiro em nada se distinguia do que vinha nas arcas de todos eles. Tentei fazer Dona Blandina interessar-se por alguma cousa pela qual eu pudesse pagar, um lenço de holanda, um par de armilas de ouropel, para os tornozelos, um toucado tecido em retrós com a frente de renda capaz de fazer mais alegre minha senhora para apresentar-se à grade do que o ar fúnebre que lhe dava o véu preto recaído diretamente sobre a face pálida, um almeizar franjado que enfeitasse o altarzinho de sua cela, um pequeno dossel de gorgorão com borlas de seda que lhe alegrasse a porta ou a janela, tintura de henne para os cabelos, um pano da Costa para adular a escrava, lambujens de açúcar, ou até uma cadelinha que o homem trazia, como possuem quase todas as outras monjas suas cadelinhas de estimação —, que até animais se lhes permite possuir em sua clausura, desde que não sejam machos —, qualquer cousa, enfim, para aliviar-lhe a persistente dor de amor que a prostrava. Ali estivemos, por muito tempo, as outras monjas e suas servas excitadas com o brilho da quinquilharia, Blandina mais indiferente e triste que sempre, com a morte já estampada nos olhos.

Eu, então, desistindo de alegrá-la, preparava-me para conduzi-la de volta a sua cela quando vi, meio escondido por trás de uma das arcas do mercador, sustentado por bela armação de bronze, um grande globo terrestre que eu podia fazer rodar entre as mãos e dar a volta ao mundo sem mesmo ultrapassar os muros do convento. Com esperança e fúria, atirei-me a ele, a girá-lo para um lado e outro, a percorrer continentes e oceanos, costas, enseadas e arquipélagos em busca dessa ilha do Timor, e não a encontrava. Eram tantas as ilhas que continha o mundo! Meus olhos se perdiam, molhavam-se-me as têmporas e as mãos pela ânsia, confundia-se-me o espírito, sem mais saber por onde já havia passado, que mares me faltava ainda navegar para encontrar aquela ilha, e não a encontrava. Já começava a crer que não havia nenhum Timor e tudo quanto aquele demônio nos dizia desse reino de Hermera não era mais do que umas das suas muitas mentiras. Jactava-se de ali ser herdeiro do senhor e dono, perfilhado pelo liurai, título dos que reinavam nesse lugar, nas palavras de Diogo.

Jurava que haveria de sequestrar do mosteiro a minha senhora Blandina, tão logo conseguisse uma nau destinada àquela parte do mundo para levar-nos, ela e eu, a viver livres com ele em seu reino. Tudo falsidade, por certo, qualquer mente sadia o dirá. Mas meu coração ferido queria crer naquilo que a minha razão condenava. Aquecia-se em mim a paixão por vê-lo, de mistura com o ódio que tinha daquele traidor, enquanto continuava girando desvairadamente a bola a me queimar as mãos como se de fogo fora, até pegarem-se meus olhos, finalmente, ao nome Timor, junto a uma minúscula marca de terra. E vi que se encontrava exatamente do outro lado da bola do mundo, quase à mesma distância da linha do Equador em que estava a cidade de São Salvador da Bahia, de modo que, se eu pudesse voar sempre em direção ao sol nascente, lá haveria de chegar.

Creio, Senhora, que naquele momento se me formou a semente da demência, se insanidade houver em mim, pois foi como louca que deixei aquele parlatório, abandonando lá Dona Blandina, corri pelos claustros, passadiços e escadas daquela fortaleza até alçar-me ao miradouro que ultrapassava os telhados e poder aferrar-me às barras duma alta janela aberta para o Oriente, onde me pus a bradar, com todas as minhas forças, insultos, impropérios, lamentos e súplicas, blasfêmias e juras de amor e de ódio, desejando que fossem levadas pelos ventos, ribombando pelos céus, acima das nuvens, até à ilha do Timor e aos ouvidos ingratos de quem me apunhalou este coração a sangrar perpetuamente, como me sangravam naquele dia as mãos feridas pelo áspero ferro das grades.

Não sei o que me haveria sucedido, piedosa Senhora, se não me tivessem agarrado as duas escravas de Dona Blandina. Ao sentir arder meu corpo inteiro, enquanto eu me debatia, bandaram-me a boca para abafar minhas palavras reveladoras de tantos segredos, ataram-me os braços e as pernas para dominar-me e carregaram-me até a um catre no canto da cozinha de minha senhora, no plano abaixo de sua cela, onde me amarraram as pernas juntas e os braços abertos em cruz, para que se dissipasse o calor, sofrendo eu paixão e abandono como o próprio Senhor meu Jesus Cristo em seu lenho, e passavam os dias a rezar, por turnos, para pedir a graça da minha cura, a oração a São Benedito, o santo mouro, chamado por elas Ossaim, cuja imagem esculpida estava na cozinha de Dona Blandina como em quase todas as cozinhas daquele convento e de tantos engenhos e fazendas.

Tanto quanto eu, deve ter sofrido minha pobre irmã Blandina, por dias e noites, ao ouvir meus gritos e gemidos atravessarem a abertura por onde desciam e subiam, com cordas e roldanas, as bandejas de suas refeições. Às outras monjas e à Abadessa, as escravas disseram não serem meus gritos mais do que delírios causados pela febre e, envolvendo-me sempre em panos molhados, cuidaram-me por vários dias até arrefecer-se aquele fogo de paixão e eu arribar-me.

Bem sei que Vós, Majestade, dotada por Deus de clara mente e nobre coração destinados à sublime missão de reinar sobre um sem-fim de terras conquistadas para seu Evangelho, direis que jamais experimentastes tal desvario nem Vos poderíeis deixar enganar por tão toscos enredos. ~~Mas quiçá Vós mesma, se Vos tivessem trancado à força em uma masmorra como são para muitas de nós os mosteiros desta desditada terra a que um dia puseram o falso nome de Santa Cruz, ainda que nobre princesa de antigo sangue real, estaríeis pronta a crer em qualquer estultícia que Vos prometesse a liberdade, o amor e a aventura, ainda mais se saídas da boca sumarenta de um homem como aquele.~~ Vossa bondade, porém, por certo Vos fará perdoar essas pobres almas perdidas e enganadas, a de Blandina e a minha própria, que do mundo nada sabíamos e menos ainda dos homens brancos e fidalgos com sua arte das palavras melífluas, tendo vivido sempre deles separadas por grossas paredes, estreitos muxarabiês, pais, irmãos, escravas e velhos clérigos vigilantes.

Sobre quem era Diogo Lourenço de Távora, na verdade, nós nada sabíamos, desde a primeira vez em que o vimos, quando ainda vivíamos no Engenho Paraíso, ele gritando como um desesperado que se afogasse no meio do longo açude a servir de demarcação entre as terras dos Castro e as glebas do vizinho Engenho Lua Nova, pertencente a uns Távora.

Mesmo passados vários anos, quando já havia muito definhávamos no Convento de Santa Clara do Desterro, e havendo ele cometido todas as vilezas que sabíamos, foram nossos olhos incapazes de ver o Demônio ali disfarçado para seduzir-nos com sua beleza, sua voz e sua viola. Acreditamos quando nos disse de sua dor de ser fidalgo bastardo, desprezado por sua família e por seu próprio pai expulso do Reino para as longínquas Índias, vagando por Goa, Damão e Diu, o Ceilão e outras ilhas de Vosso império — cada vez obrigado a embarcar-se em qualquer matalote disposto a arrolá-lo, havia percorrido muitas vezes o mundo todo em naus de vários reinos, à custa de sua enorme coragem, astúcia, e das formas insuperáveis de lutar corpo a corpo que aprendera no Japão e na China, das suas tretas com um florete ou uma espada e a habilidade com a lança, a alabarda, o punhal, a funda, o arco e a flecha, os canhões, o arcabuz e a pólvora. Jurava que inúmeras vezes naufragara, salvara-se por milagre, fora feito prisioneiro de corsários, agrilhoado em galés, vendido como escravo e resgatado pelos frades Mercedários por deverem-lhe a vida que lhes salvara, anos antes, em luta contra medonhos selvagens. Dizia Diogo que no Ceilão havia sido Adigar e obtivera a dignidade de Bandar, fora secretário do próprio Agacé, imperador da Etiópia — todos títulos estranhos para nós, mas que ele assegurava serem de alto poder e nobreza naquelas terras. Dizia ainda ter sido mestre de mandarins na China, dando a Dona Blandina, como penhor da verdade de seu amor e de seus contos, um estranho e precioso objeto que chamava suanpan, e era como uma máquina de calcular números, feita de contas de laca metidas em varetas de marfim, presas a um quadro ornado com florões de bronze. Esse suanpan foi a última cousa que vendemos no Desterro, por bom preço, à Madre Ecônoma que o conhecia com o nome de ábaco e dele sabia servir-se.

    Vejo agora, Senhora, que ando sem rumo como nau sem leme e que, do desterro desta minha miserável cela no Recolhimento da Conceição de Olinda, neste ano de mil e setecentos e oitenta e nove, fui tão longe, ao Desterro da Bahia, a bem mais de trinta anos atrás.

    Afastei-me sem querer do propósito que me fez encetar esta carta que era o de revelar-Vos a injustiça que me é imposta por gente que, Vos devendo servir, Vos trai ao cometer tal maldade em Vosso Nome. Vede, Majestade, o que é a fraqueza de uma mulher quando se deixou enfeitiçar por um homem, pois foi ele, a lembrança de Diogo Lourenço, que daqui me arrastou de volta para aqueles tempos quando ainda esperava por seu regresso, ele que não me deixa em paz nem agora, quando não sou mais do que lamentável destroço de muitos naufrágios, atirado a estas praias de Pernambuco.

Tanto há por contar-Vos, Senhora, para convencer-Vos de minha inocência, que temo se me acabe o papel e tenha de novamente furtá-lo dos arquivos deste Recolhimento, muito mais pobre em papel e em tudo do que aquele da Bahia, pois são aqui muito mais pequenos os dotes das recolhidas, porque a prudência de Vossa Coroa não permitiu que se fizesse mosteiro de véus pretos e votos solenes, como querem os senhores da Câmara e dos engenhos para que não se dividam suas terras em herança para seus muitos filhos e filhas. Deveis saber que esta, e não a devoção às cousas do Céu, é a verdadeira razão pela qual insistem tanto esses homens em criar Recolhimentos de mulheres, com a intenção de arrancar dos poderes do Reino a permissão para, uma vez construídos e mobiliados e proprietários de alguma renda, metidas aí suas filhas possam professar e renunciar aos bens deste mundo. Custa-me compreender de que lhes servirá, depois de mortos, possuírem ainda léguas e léguas contínuas de terra, quando então lhes bastarão sete palmos de cova no chão. Não alcança minha razão o porquê de a elas se aferrarem, a ponto de por elas mandarem suas filhas, contra suas inclinações e vocação, a esta desgraça, ainda que revestida de santo destino numa casa de Deus, ~~pois chego muitas vezes a duvidar de que Deus Nosso Senhor jamais tenha por aqui passado e, quanto mais olho aqueles que se nomeiam seus representantes, mais duvido~~.

Esta carta que Vos escrevo é minha última esperança. Se a perco, deixarei de lutar e só me restará morrer, cousa fácil de se obter nesta condição em que me encontro. Mas luto ainda, pois tanto já me custou começá-la que não posso, por pouca cousa, abandonar esta empreitada. Vós, por certo, com um simples gesto de Vossa Mão fazeis correr meio mundo para trazer-Vos tudo o que Vos aprouver desejar, creio, e não podeis sequer imaginar os trabalhos pelos quais passei para chegar a simplesmente traçar palavras nestas folhas, pois, se o papel eu tinha, faltavam-me ainda as penas e logo a tinta.

Dada como criminosa e lunática, muitos anos passei aqui trancada nesta cela, cuja porta jamais se abria nem de noite nem de dia, sem ver a ninguém, sem ouvir quase nunca uma palavra a mim dirigida, porque era surda e muda a escrava que me mandavam trazer água e comida e retirar as águas servidas e meus poucos excrementos por uma pequena abertura de menos de um palmo de altura, recortada na madeira grossa da porta, bem junto ao chão. De nada me servia chamar, implorar e clamar. Ninguém havia para ouvir-me ou então faziam ouvidos moucos. Tão pouca era a água que me davam que mal me alcançava para beber e o mau odor que exalavam as feridas e a sujidade de meu corpo e de tudo à minha volta era tanto que afastava prontamente de minha porta qualquer passante.

Só não soçobrou inteiramente o meu espírito porque minha estreita janela encontra-se em ângulo com uma seteira aberta numa parede da capela, e por ali podia e posso ouvir a cantilena de todas as rezas e ofícios e, quando me favorecem os ventos, até mesmo seguir as palavras dos sermões. Pude assim acompanhar e reconhecer a passagem das semanas, meses e anos, conforme os ciclos litúrgicos, mantendo alguma ordem em meu juízo, e marcá-los na cal da parede com riscos feitos por minhas próprias unhas, que mais nada havia dentro desta cela senão minha enxerga de palha e papel, uma cuia para a água, uma tosca gamela de madeira para a comida e o pequeno balde dos excrementos.

Imaginei, por um momento, que, tendo farto papel em minha enxerga, poderia escrever um pedido de socorro, um bilhete que fosse, e soltá-lo ao vento como fazem os náufragos ao lançar garrafas ao mar, na esperança de chegar a um leitor piedoso. Louca esperança, mas são sempre loucas as esperanças que abrolham no espírito de quem, como eu, igual ao náufrago, mais nada tem.

Tentei, Senhora, do modo mais insano, tentei escrever, obter a tinta necessária, e o fiz arranhando meu pulso nas asperezas das paredes até que me ferisse e pudesse colher de meu próprio sangue para usá-lo como tinta, tal qual eu ouvira dizer que fazia o Marquês de Alorna, marido da meia-irmã de Diogo Lourenço, quando encarcerado na Junqueira por ser genro dos malditos Marqueses de Távora, acusado como eles pelo famigerado Marquês de Pombal de tentar o regicídio contra Vosso Pai. Sangue sim, ainda que pouco e ralo, corria de meu pobre corpo, mas penas para escrever só podia encontrar algumas tão finas e macias, de uma ou outra rolinha que o acaso trazia à minha janela, que era impossível com elas traçar letras, e só consegui para mim uma ferida purulenta impossível de curar-se, a atormentar-me por todos os anos em que ali permaneci emparedada. Não pude senão deixar-me estar, esperando que a misericórdia de Deus me mandasse buscar a Morte.

Não sabeis que imensa força é preciso para suportar o suplício do silêncio e do nada, do absoluto vazio das horas sem nenhum sentido de viver, por anos a fio, e se o suportei sem me entregar de uma vez ao delírio é porque Deus me fortaleceu o espírito e louca não sou, como me dizem. Louca não sou, pois se o fosse não poderia estar-Vos agora escrevendo em linhas tão direitas, mas reconheço que o deveria ser e muito devo também à Mãe de Deus, a quem chamei e chamei e chamei sem me cansar, tratando de preencher o vácuo daquela cela com as palavras da Salve-Rainha, que a cada hora recomeçava, Salve Rainha, Mãe de misericórdia, vida, doçura e esperança nossa, salve! A vós bradamos, os degredados, degradados, degredados... e aqui muitas vezes se me travava a língua, mas eu, logo que podia, recomeçava... filhos de Eva... ela me ajudava e por vezes chegava até o fim, Salve Rainha, Mãe de Misericórdia, vida, doçura, esperança nossa, salve! A vós suspiramos, gemendo e chorando neste vale de lágrimas. Eia, pois, advogada nossa, esses vossos olhos misericordiosos a nós volvei e, depois deste desterro, mostrai-nos Jesus, bendito fruto do vosso ventre, ó Clemente, ó Piedosa, ó Doce, sempre Virgem Maria. E outras vezes, parava eu por meu próprio desejo, em cada palavra e sobre ela meditava e me via ali retratada, degredada, filha de Eva, sim, desgraçada filha de Eva que por sê-lo mais degredada me tornei, afogando-me em lágrimas neste vale assim como nestas colinas, sem ter onde refugiar-me senão na oração, e recomeçava Salve Rainha, Salve Rainha, Mãe de misericórdia, Salve Rainha, Mãe de misericórdia, vida, doçura e esperança, salve! Salve Rainha, Mãe de misericórdia, vida, doçura e esperança, salve! A vós bradamos, os degradados, degradados filhos de Eva, a vós bradamos, a vós bradamos, e quando já se me gastavam as palavras em português, em latim recomeçava, e murmurava ou bradava ou cantava-a no modo gregoriano simples, quando exauriam-se minhas forças, ou no modo solene, quando desejava oferecer à Virgem o que de melhor pudesse, eu que nada podia: Salve Regina, Mater misericordiae, vita, dulcedo et spes nostra, salve! Ad te clamamus, exsules filii Evae. Ad te suspiramus gementes et flentes in hac lacrimarum valle. Eia ergo, advocata nostra, illos tuos misericordes oculos ad nos converte. Et Jesum, benedictum fructum ventris tui, nobis, post hoc exsilium, ostende. O clemens, o pia, o dulcis Virgo Maria! E outra e outra vez, Salve Regina, Mater misericordiae, Salve Regina, Mater misericordiae, Salve Regina, Mater misericordiae, Mater que, como eu, mais que eu sofreste, sofreste...

Desde que aqui me prenderam tomou-me a predileção pelos Cristos crucificados, pelas Senhoras das Dores com suas sete facas no peito, pelos Franciscos das Chagas, pelos Lázaros e Roques escalavrados, pelos Sebastiões flechados e por quanto santo ferido e trágico houvesse. Quem me salvou desse estado de enterrada viva foi São Sebastião, santo chagado que passei a preferir a todos enquanto cresciam meu próprio sofrimento e as chagas em meu corpo. Pois numa véspera de sua festa, num dezenove de janeiro, em que eu tinha prometido passar toda a noite em vigília rezando com ele, estando toda a casa adormecida, só eu velando, vi um clarão de fogo e senti o cheiro da fumarada que subia da capela, pondo-me a gritar como louca pela abertura da porta e pela janela, fogo!, fogo!, até que me ouviram, acudiram a apagá-lo, evitando a tempo que se consumisse o templo de Deus e abriram a porta deste cubículo para, por gratidão, finalmente libertar-me.

Tão estreito tinha sido meu horizonte, por tantos anos, de tal modo estava eu acostumada àquelas paredes tão perto, onde a vista logo ali batia e voltava, curta, sem se poder estirar mais longe, nem para fora nem para dentro, revoando à roda como passarinho havia pouco engaiolado, apagando-se em cegueira, que, ao sair por aquela porta, pareceu-me tão imenso o espaço daquele corredor que tomou-me a vertigem e caí ao chão. Obrigaram a amparar-me a escrava muda, pois ninguém mais ousava tocar a podridão de meu corpo e de minhas vestes, e ela me conduziu, quase arrastando-me, como a uma trouxa de trapos imundos, até debaixo da fonte que brota no pomar do Recolhimento e corre para um regato por entre as árvores do grande horto vizinho, ao qual chamam Horto d'El Rei. Aquela água, que por horas me lavou o corpo e os farrapos, lavou-me também a alma e tive outra vez esperança, parecia haver-me tornado bela e nova e tão leve que poderia voar então com rumo certo.

Senti eu gratidão por aquela pobre negra mouca e sem palavras, que antes me cuidara a contragosto, mas desde o incêndio e de minha libertação passara a tratar-me como cousa de sua posse e predileção, protegendo-me e favorecendo-me em tudo com o muito pouco que podia. Vede, Senhora, que Vos falo de libertação, quando se tratava apenas de um mesquinho alargamento da prisão, enchendo-me de alegria somente porque me deixavam agora sair desta cela para ir até um pouco adiante, ao limite dos grossos e altos muros da Conceição. Continuava a ser de fato nada mais que uma prisioneira, mas nos primeiros tempos esse estreito pedaço de terra pareceu-me um vasto, vasto mundo!

Permitiam que eu vagasse pela casa toda, até em seus jardins e pomares, fosse à capela para os ofícios, por dentro da grade do coro, como as Recolhidas. E que gozo me dava aquele pouco movimento livre, como se houvera conquistado a minha carta de alforria! Não tardou, porém, que eu, antes acostumada a tanto trabalhar, me cansasse do ócio e viesse a buscar todos os meios de fazer-me útil e de aliviar também o peso dos trabalhos da pobre cativa que me queria bem.

Revivi e retomei então o intento de escrever a minha história, sem saber ainda a quem enviá-la, que se pudesse comover com meu infortúnio e tivesse o poder de corrigi-lo. Naquele meu vagar à toa pelo labirinto do Recolhimento, nos primeiros dias depois de liberta da infecta cela, acabara por descobrir onde estavam metidos a livraria e o arquivo da casa. Pouquíssimos livros havia de ter aquele pobre Recolhimento, não mais que uma ou duas dezenas, mas para mim seriam como milhares, pela saudade que eu tinha das letras, e tive a esperança de ali conseguir a tinta e as penas de escrever que me faltavam, mas a recolhida que detinha o cargo e a chave era por demais zelosa e a tinha firmemente atada a seu pulso. Ofereci-me então para auxiliá-la sem receber nenhum pagamento, mas apenas um olhar de desprezo recebi em resposta, pois como poderia ela crer que esta sombra de mulher, mísera e maltratada como Job, fosse capaz de ler e escrever?

Pus-me então a ajudar minha negra Basília no cuidado das galinhas e outras aves do Recolhimento, a ver se podia eu mesma arrancar-lhes aos gansos plumas que me servissem, pois eu bem saberia como talhá-las e afiá-las para a escrita. Mas a Basília, por descobrir-me tão branca depois de bem lavada, parecia-lhe não ser esse um trabalho digno de minha pessoa e me queria impedir. Tratei então de fazê-la entender, por trejeitos de imitação e caramunhas, meu especial amor aos animais, preferindo estar com eles do que com os seres humanos porque eram, da criação de Deus Nosso Senhor, os seres mais inocentes, que nem pecado original tinham, ~~incomparavelmente mais inocentes do que os homens, mesmo os que se tomam por santos,~~ ~~que tudo isso eu verdadeiramente pensava e penso,~~ e creio ter sido, por isto, capaz de dizê-lo tão bem com meus gestos que a pobre mouca ficou inteiramente convencida e poucos dias depois acercou-se-me trazendo, com ares de segredo, alguma cousa viva entre as mãos.

Ah, Senhora, não sei se jamais vistes essa espécie de minúsculos símios, chamados saguis, quase tão pequenos como passarinhos, que pelas matas deste Brasil se encontram muitos e são quase invisíveis senão por suas caudas tão longas e peludas, mas sei de certeza que, se alguma vez porventura os vistes, fostes tomada de terno amor por eles como a mim me sucedeu.

Basília deixou-me nas mãos o animalzinho que me olhava com brilhantes olhos quase humanos, conquistando-me imediatamente por inteiro o coração, enquanto foi buscar em algum lugar uma corda longa e fina, porém resistente como a cordoalha de um navio, atou-lhe uma ponta ao fino pescoço e outra ao meu pulso, para impedir-me de perdê-lo e impedi-lo de escapar de volta para o arvoredo.

Entreguei-me àquela criaturinha com tanta paixão, dividindo com ela minha enxerga e meu parco alimento, sem nunca separar-me dela, que nem mais à capela ia, aonde me proibiram de levá-lo comigo, preferindo ouvir os ofícios e a missa do lado de fora da porta a dar para o claustro.

Não podia eu adivinhar como Deus Nosso Senhor me permitia mais uma provação para fazer-me aprender até o fim, a duras penas, que os amores deste mundo nada valem diante do Seu e não nos podem causar senão dor, para extirpar de meu insano coração a estúpida esperança de ainda ver e tocar Diogo Lourenço, cujos maus-tratos e ultrajes até então não me tinham sido lição de valia. Ah, que dor, que dor sofri e tenho sofrido por mor desse sagui, Senhora, como se ainda faltassem dores no arcaz das minhas lembranças!

Não sei como me descuidei, numa manhã bem cedo, quando ouvia as Laudes à porta da capela; distraí-me com a beleza de um salmo, de uma antífona? Não sei, só me lembro do susto, da correria, o sagui correndo, correndo, solto no pátio, correndo, correndo à volta do claustro e eu desesperada, atrás dele, correndo tanto que já não podia respirar, mareada, a cordinha solta a deslizar célere como serpente encantada à minha frente. Confundia-se-me o pensamento e, vendo a ponta da corda ao alcance do meu pé, acreditei poder detê-lo e agarrá-lo com as mãos. Num último impulso, saltei. Meu pé pisou a corda atada ao pescocinho fino, a enforcá-lo. Senti o minúsculo corpo peludo arrefecer entre as minhas mãos, a pedir socorro a expressão daqueles pobres olhos dele, apagando-se, e a dor, a culpa, o meu remorso que nunca mais passou, Senhora, há já tanto tempo... até hoje... sofro e sofro por ele. De tanto chorar quase se me cegaram os olhos e até hoje os tenho encarnados e ardentes, ainda que por vários meses Basília me tenha preparado poções para banhá-los, feitas das ervas do mato cujo poder de curar só ela conhece.

Mais encarniçadamente, então, desejei sair desta prisão onde mais nada nem ninguém me cativava a alma e outra vez me pus a buscar penas e tinta com que pudesse escrever, pois não sabia de outro modo para chegar à liberdade senão a força das palavras e essas, por bondade de Deus, eu possuía.

Voltei ao trabalho no galinheiro e minha negra Basília, por saber-me tão magoada da saudade do sagui, deixava-me ali estar, em paz, pelo tempo que eu quisesse. Quão custoso era agarrar uma gansa e arrancar-lhe as plumas mais velhas e fortes, que são as melhores para com elas se escrever, tão arraigadas estão em seu couro, e eu tão fraca estava ainda dos anos de fome e enfermidades que passei. Muitas semanas e um sem-fim de bicadas de ganso custaram-me as boas penas que agora possuo e com as quais Vos escrevo, Majestade.

Mas faltava-me ainda a tinta. De posse de boas penas, por muitos caminhos busquei produzir uma tinta que corresse lisa pelo papel e a ele se pegasse bem, para que pudesse permanecer durante todo o caminho que teria de fazer a minha carta para chegar a olhos bondosos de quem se dignasse a lê-la e encaminhá-la a Vós. Sequer quão longo seria esse caminho não o podia eu saber, se nem a que destino iria dar adivinhava ainda.

Muito experimentei, primeiro com pó de carvão misturado em óleo dos frutos de umas palmeiras que Basília produzia para suas mezinhas, depois com argila e água, com suco de umas frutinhas vermelhas e muito ácidas que aqui se chamam pitangas, de cujos arbustos agrada às irmãs Recolhidas fazer sebes em seus jardins e das frutas, refrescos para servir às suas visitas. Até mesmo em excrementos de pássaros fui buscar solução para minha necessidade e meu desejo de escrever, mas nada disso me servia, pois ou as tintas assim produzidas não permaneciam no papel, ou não corria a pena e não lograva traçar senão garranchos ilegíveis, ou se embebia de tal modo o papel que em pouco tempo não restavam senão grandes manchas escuras, ou ainda se apagavam as letras há poucos dias de escritas e me desesperava de todo o precioso papel que assim desperdicei. Ah, Senhora, como a busca das cousas, que são as mais simples para aqueles dotados de poder e posses, custa uma vida de sofrimentos a uma pobre condenada como eu!

Já outra vez desesperava e mergulhava em profunda tristeza, quando minha Santa Isabel, lembrando-se desta sua pobre Isabel das Virgens, no dia de sua festa da Visitação, veio em meu auxílio. Saía eu das vésperas solenes dos dias de grande festa e caminhava pensativa pelo claustro do Recolhimento, quando vi avançar em minha direção a irmã bibliotecária, carregando nos braços uma alta ruma de livros e assomou-me uma imensa saudade de ler, ler, ler até que se me fechassem os olhos, e tive dela grande inveja, pecado que só diante de tal forma de riqueza me lembra haver cometido. Vinha ela, porém, cabeça abaixada, com expressão de tal ternura na face, a olhar aqueles livros abraçados em seu regaço como se um filho fossem, que hesitei em abordá-la e, aproximando-me dela, baixei eu também a cabeça e passei adiante sem nada dizer. Devo, por certo, ter esboçado algum gesto involuntário e a assustei, de modo que logo ouvi às minhas costas um pequeno grito e o ruído de livros que caíam e espalhavam-se pelo chão de pedras do claustro. Voltei-me imediatamente, lancei-me ao chão, de joelhos, com o coração fremente de secreta esperança e desonestas intenções, e pus-me a recolhê-los como que para ajudá-la. Agitada e aflita, temendo por certo que a visse a Madre Regente da casa e que a repreendesse, a pobre freira não conseguia reter nos braços os livros que eu lhe entregava, voltando e voltando eles ao chão, e mais se afligia e lançava olhares temerosos para todos os lados, sem cuidar de mim, que então, com cobiça e exaltação, agarrei qualquer um daqueles livros como se uma pepita de ouro fosse, metendo-o escondido sob minhas saias. Não me levantei do chão até que ela partisse em direção a seu aposento, enfim recuperados todos os seus livros, menos um, sem que ela o suspeitasse, satisfeita do que pensava ser minha humilde posição, ajoelhada diante dela como ainda estava.

Lembrando de minha outra padroeira, a Santa Rainha Isabel, com seu pão escondido no avental a transformar-se em rosas, não me sentia pecadora, ou, se o fora pelo furto do livro, já me sabia perdoada por minha Rainha Santa.

Com que alegria, Senhora, corri à minha cela e que desejo tinha, naquela hora, de que ali me trancassem e outra vez me esquecessem, sem quererem saber do que eu fazia ou se vivia ainda!

Era novo o livro, tinha a pele do dorso tão lisa e suave como a de uma criança de colo, nenhuma ruga, nenhum vinco que denunciasse um leitor anterior, um presente que só dos céus me podia haver chegado e por isso não me envergonhava meu gesto. Na coberta de fino couro encarnado, em letras de ouro li Lunário Perpétuo, nome tão belo que me fez estar a mirá-lo por um longo tempo e a cismar no que me poderia dizer. Pouco abaixo, o nome de quem o escrevera, um certo Jerónimo Cortês a quem quis bem desde o primeiro momento como se meu benfeitor, pai, padrinho ou irmão fosse. Tremendo, depois de tantos anos sem tocar nenhum escrito, abri pela primeira vez aquele livro virgem e Vos garanto que nenhum amante jamais teve maior alegria em deflorar a sua amada do que gozei eu naquele ato.

Ah, Senhora, ali minha Santa Isabel havia posto por sua bondade aquilo que eu tanto procurava, e encontrei em suas páginas muitas receitas de tinta para escrever. Pus-me a estudar com paixão, a ver que ingredientes podia eu obter neste Recolhimento.

Muito trabalho custou-me, Minha Rainha, fabricar essa bela tinta em que Vos escrevo, mas valeu todo o esforço para descobrir a que melhor me servia, entre as muitas receitas que há para fazer tintas de escrever, quer pretas ou de cores. As tintas pretas pareceram-me logo as mais fáceis de obter, pois fazem-se com água pura, de chuva, da qual não me foi difícil colher tantas cuias quantas quisesse, nesta terra de constantes aguaceiros e numa casa cheia de pátios e calhas que as recolhem em abundância, mas poucas linhas adiante ia-me voltando o desânimo porque era-me impossível encontrar o sumagre, ou a casca verde das nozes ou aquela que o livro dizia ser a mais vantajosa delas, a noz-de-galha, bugalhos da casca do carvalho, que nenhuma dessas plantas vingam nestes trópicos. Ansiosa, voltei a página para chegar ao final da minha desilusão quando vi brilhar à minha frente o belo nome da romã, essa sim generosa e fecunda neste canto de mundo como o é em tantos outros, e amada por sua bondade para curar doenças e mais ainda, creio, por sua beleza pela qual Deus mandou Moisés ornar com ela o manto de Aarão e o rei Salomão comparou-a à sua amada no seu proibido Cântico de amor, que, sem licença de ninguém, atrevi-me a ler eu mesma na escura livraria do Desterro. Muito trabalho custou-me ainda encontrar neste enorme jardim as desejadas e vigiadas romãs, roubá-las no seu ponto certo de madurez sem que mo impedissem, reduzir suas cascas a pequenos fragmentos e cozê-las longamente, em segredo como um alquimista, para que me dessem uma água bem negra, ferir um sem número de árvores em busca de seiva transparente que se cristalizasse como a goma-arábica, para que se pegasse a tinta ao papel, mas conseguia apenas uma cor fosca e sem brilho que não me agradava e me fez continuar, com entusiasmo, a buscar cousa mais bela. Pois sabei, Senhora, que foi em cousa própria unicamente destas terras — que só por isso eu mesma acreditei serem abençoadas como dizem alguns e minha experiência nega — que encontrei o brilho e a beleza que necessitava para as pungentes palavras que desejava escrever. Tirei-o de uma madeira rara que há por aqui — embora digam que já foi extremamente abundante, cobrindo todas as extensões que hoje não são mais que um mar de cana verde — o pau-brasil que dá o nome à terra. Dei-lhe, depois, à tinta mais maciez com uma pitada de açúcar e ainda perfume, do cravo-da-índia, que me aconselhou Basília a pôr na cuia que me serve de tinteiro para prevenir que o mofo a estragasse.

Muito mais me deu esse Lunário Perpétuo que, em meu pensamento, passei a chamar de Tesouro Perpétuo: falava do método de plantar e tratar árvores e arbustos e fazer viveiros, do modo de ativar o crescimento das árvores novas, de tornar vigorosas as velhas e de fazê-las de novo produzir como fez Deus para Sara, mãe de Isaac e mulher de Abraão, e para Santa Isabel, minha madrinha que mo dera, mãe de João Batista, aquele que comia gafanhotos e pregava no deserto. Ensinava modos de curar o cancro nas árvores, de acautelá-las do musgo e dos insetos e até mesmo das simpatias ou antipatias das árvores e outras plantas. Aprendi os muitos modos de destruir o gorgulho nos celeiros e de extinguir, com muita pena pela beleza que se viria a perder, as borboletas que destroem os grãos. Soube do modo de conhecer se uma casa é úmida, de fixar o ferro em pedra, de prevenir e evitar as frieiras, de engordar as galinhas, de conservar o apetite aos porcos, de extrair e purificar a cera, modos para branqueá-la e para conhecer se é falsificada, para desenferrujar o ferro e o aço, tirar o bolor ao grão, fazer graxa impermeável e apanhar pássaros com as mãos. Tantas e tantas cousas que se havia por saber e tão úteis e tão possíveis de se vender aos que nada sabem e todos os dias lutam contra o caos que advém das cousas materiais, se as deixamos sem vigilância — saberes que, por se referirem a cousas comezinhas, não causarão espanto ao ver-se que os possua uma simples mulher. Saberes para mim tão preciosos continha que eu já cismava em sair logo dali para o verdadeiro vasto mundo e em como todo aquele conhecimento me serviria para ganhar tostões e comprar liberdade.

Escondi o Lunário Perpétuo o mais fundo possível em meu enxergão e até hoje o tenho comigo, trato-o com todos os cuidados como se de outrem fosse, retirando-o da palha, no escuro da noite, para que se areje e não mo devorem as traças.

Apreciai, pois, Senhora, ao seu devido valor, este papel, esta tinta e estas palavras que me saíram do corpo maltratado.

PARTE 2
1790

𝒬uanta aflição passei por tantos meses, Senhora, sem poder retomar da pena para cumprir o que Vos havia prometido: dizer toda a verdade sobre o que em Vosso nome se faz nestas terras e a mim me fizeram.

Sabei que não foi por minha vontade que tanto me atardei, nem posso eu culpar as pobres Recolhidas desta casa, nem mesmo os oficiais do Reino pela perda sofrida. Ah, não, desta vez não me posso queixar de ninguém mais senão de mim mesma e da desordem de minhas paixões, obra do Demônio, por certo, pois as paixões dos ventos, dos mares e das nuvens são inocentes, obra de Deus. Esse desastre foi causado só por minha desatenção, minha concupiscência pelas letras, meu cansaço, aliados à fúria da natureza nesta beira de oceano.

Já Vos havia eu confessado que todo o papel que possuía era a duras penas pilhado às monjas, que era essa a palha que enchia parte de meu miserável enxergão e que ali havia escondido o meu verdadeiro tesouro, o livro do Lunário Perpétuo, também ele furtado, precioso porque único ao meu alcance, invisível para outros olhos, mas sempre presente em minha mente e em meu desejo, atraindo-me com suas letras e palavras e figuras, de modo que eu em quase nada mais pensava senão em trancar-me nesta cela, com alguma luz, e poder lê-lo inteiro muitas vezes, em segredo, olvidando até mesmo o tentador Diogo Lourenço, e em prosseguir com esta carta desde que me atrevi a começá-la.

Ah, Senhora, como é difícil cumprirem-se tão simples desejos e promessas, já que nestas terras tórridas não se têm, nem sequer no verão, longas horas de luz do Sol, como me contava meu Pai haver no estio em Portugal. Parece que aqui, de tão forte que queima, o Astro-Rei mais cedo se cansa e muito mais lhe custa levantar-se de seu leito, de modo que, fora das horas de trabalho a que agora me obrigam neste Recolhimento, meus pobres e gastos olhos não podem ler sem uma chama que alumie as páginas.

Logo que me libertaram da cela em que estive presa por tantos anos, deixaram-me à solta, porque me consideravam doente e louca, e então fui livre para fazer o que quisesse, fabricar minhas tintas e penas, fechar-me no meu cubículo ou esconder-me entre arbustos da chácara do Recolhimento ~~e sonhar que novamente me achava nos braços fortes e ousados de Diogo de Távora, sentindo aquecer-se um lume no centro do meu ventre que, de outro modo, parece encerrar sempre um grande frio que imagino como o da neve~~ e escrever-Vos ou ler meu livro roubado. Mas tantos esforços fiz por mostrar-me sã e ajuizada, por medo de ser de novo encarcerada mais brutalmente, que agora põem-me a trabalhar desde antes que saia o Sol até que já vão altas as estrelas e só à luz de velas posso ler ou escrever-Vos, escondida em minha cela a horas noturnas.

Grande trabalho, porém, me custa granjear um mísero pedaço de vela. Aquilo que sobejava no convento do Desterro falta aqui neste Recolhimento, como falta tudo o mais, que esta casa é pobre. Ah, que fortuna invejável representariam hoje as cinco ou seis velas de cera ou o candeeiro que eu facilmente recolhia pelos amplos corredores do mosteiro baiano para iluminar meus passos pelas ladeiras da cidade de São Salvador, quando saía às noites, vestida como um homem, para encontrar-me com o bastardo de Távora ou para outras atividades escusas.

Aqui, apenas na capela acendem-se velas de cera. A luz para as orações e para o que mais for preciso fazer depois do anoitecer só se tem de umas lâmpadas grosseiras, tigelas de barro com simples mechas de algodão mergulhadas no óleo da semente dita de mamona, que acesas exalam tão mau cheiro e tão escura fumaça que antes se prefere a escuridão a tal luz, de modo que sem dúvida me denunciariam imediatamente se eu as levasse para minha cela. Tão caras são as velas de cera, e mesmo as de sebo, que a irmã sacristã passa seu dia a raspar, com uma pequena espátula, as lágrimas que escorrem delas para com aquela cera fazer novas velas para o Ofício Divino ~~ou, quiçá, vendê-las à socapa~~.

Para ler e escrever-Vos, agora, é preciso que eu passe pela capela todas as vezes que posso, tomando-a como caminho entre o claustro e a cozinha do Recolhimento, repetindo longas e profundas genuflexões frente ao altar-mor e outras mais breves diante dos altares laterais, a fingir que o faço por devoção, mas na verdade para recolher fragmentos de cera às escondidas da irmã sacristã e metê-los nas grandes algibeiras do avental de trabalho que me deram e levo sempre. Confesso-Vos assim mais um dos meus pecados, o do fingimento e da hipocrisia, que se junta ao do furto, tudo pela minha paixão de ler e escrever, mais arraigada do que a paixão que ~~tenho~~ tive por Diogo Lourenço. Por castigo, muitas vezes se me queimam as pontas dos dedos, mas Vos asseguro que me ardem e doem menos essas candentes lágrimas de cera do que aquelas que o bastardo fez rolar por minhas faces durante tantos anos e ainda.

Pois, Senhora, certa noite — depois de muitas semanas de luta por conseguir alguma cera e algum sebo roubado da cozinha, quando ali calhava-me prestar serviço, e de conseguir fabricar uma tosca vela usando como pavio um torçal de fibras tiradas da casca do coco com fiapos de algodão colhidos de trapos lançados fora por inúteis — estava eu louca por ler e tinha a intenção de fazê-lo até acabar-se-me a candeia, que era bem grande e me poderia alumiar até a madrugada. Desejava fartar-me, embriagar-me de letras e de palavras, de conhecimentos, de ideias e dos sentimentos que elas me haveriam de trazer. Fechada a grossa porta de madeira de minha cela, fica aberta apenas a minúscula janela gradeada que dá para o mar, pela qual dificilmente alguma luz poderia escapar e atrair a vigilância daquelas que andam sempre a buscar o pecado alheio, sem atentar para os seus próprios erros, e são muitas, ~~porque nada melhor resta a mulheres de pouca piedade e de inteligência embotada pela ociosidade, a indolência e a ignorância, aqui metidas à força, igualmente neste arremedo de mosteiro onde agora vivo como nos grandes e nobres conventos que Vossa Majestade protege e que Vossos régios pais e avós, em sua sabedoria, erigiram na Bahia em nome da santidade e para a glória de Deus Nosso Senhor o qual, no entanto, só os estultos não veem que melhor servido estaria se não os houvesse.~~

Encolhi-me então no canto da cela mais afastado da janela, sentada ao chão, apoiada às paredes e, por mais penoso que fosse o contato da pedra fria e úmida e dos rugosos muros, ainda assim sentia-me a mais feliz das mulheres. Tinha a intenção de ali passar toda a noite em vigília, até que o toque do sino chamasse umas, as nobres, para as Laudes e outras, as escravas, as servas e prisioneiras como eu, para o trabalho. Mas este meu velho corpo, que era antes tão forte e expedito para tudo suportar e levar-me a toda parte, já não me leva, tenho eu de levá-lo à custa de gemidos, tornou-se agora, embora descarnado, tão pesado que me é muito difícil carregá-lo, ancora-me à terra e às exigências da matéria, embora minha alma deseje ardentemente levantar voo. Venceu-me, porém, o sono, no canto da parede, abraçada ao Lunário Perpétuo dentro do qual tinha dobrada a primeira parte desta carta, com a vela ainda acesa. Enquanto eu dormia, prostrada pela fadiga extrema, levantou-se do mar uma tão grande tempestade e ventania que não só apagou a vela como trouxe a chuva em grandes rajadas para dentro do meu cubículo, encharcando o meu catre, que sempre está junto à janela para receber alguma aragem e aliviar-me do calor infernal das noites desta terra. Tão enfraquecida ando das ouças e de tudo o mais, Senhora, que nem o vento, nem os respingos da chuva que até a mim chegavam, nem os relâmpagos e o ribombar do trovão me puderam despertar. Para minha desdita, não vi que todas as folhas do papel, que a tanto custo eu havia adquirido, por inspiração dos Santos e de Maria Minha Mãe Santíssima, ainda antes de saber o quanto me seriam necessárias, e por tantos anos guardadas misturadas à pouca palha da minha enxerga, desmanchavam-se em pasta imprestável. Oh, céus, por que com tanta fúria castigastes os pecados desta pobre prisioneira, ~~enquanto deixais passar em branca nuvem a crueldade dos poderosos por cuja ordem aqui a encarceraram?~~ — bradava eu ao descobrir o desastre que me atingira. O que eu perdera ali, para mim, era um tesouro muito mais valioso que uma arca abarrotada de dobrões de ouro, que um galeão carregado de especiarias, de açúcar ou de escravos de Angola.

Ah! Senhora, quão doces e desejáveis se fazem as cousas que nos martirizavam no passado, quando infortúnio maior nos atinge! Que ricas éramos no convento do Desterro, mesmo minha senhora Dona Blandina e eu, abandonadas por seu pai e seus irmãos, dependentes da generosidade da Madre Abadessa, ~~que era pouca~~ e do que eu ganhava com minhas letras, à custa de copiar documentos por noites a fio, para arrancar à monja cartorária do Desterro alguns preciosos tostões, que chegaram a ser muitos! Tão opulento era o Desterro que mesmo os restolhos desprezados daquelas donas eram mais ricos do que tudo que têm aqui as mais favorecidas. Porque são pequenos os dotes destas Recolhidas da Conceição, até que a Coroa lhes permita, um dia, como esperam suas famílias, fazer os votos solenes e renunciar para sempre aos bens deste mundo. Por essa graça esperam as donzelas, e mais que elas os homens-bons desta capitania, há mais de duzentos anos, desde que erigiram a primeira casa para este Recolhimento, quando o quis fundar uma beata Maria Rosa. Mas a prudência real nunca lhes deu ouvidos e por certo terá para isso as mais sólidas e sublimes razões.

A mim, a quem dizem que falta a razão, faz-me grande confusão pensar que a promessa solene da pobreza religiosa poderia torná-las ricas neste mundo e no outro, enquanto, de fato, mantêm-se na penúria neste vale de lágrimas — ~~e talvez destinem-se à condenação no outro, que nesta vida mesquinha e contrariada medram robustos os pecados de inveja, cobiça, maledicência e avareza~~ — por não lhes permitirdes Vós que o prometam. De tal modo misturam-se, fora e dentro desses muros, contraditórias razões e motivos, uns deles manifestos e hipócritas, outros deles calados e sinceros, quando não proclamados em versos anônimos e indecentes, que meu espírito desde cedo revoltou-se e passou a conceber ideias extravagantes. Por essas minhas decerto loucas ideias, que há muito teimosamente me acompanham, foi que agi de modo a dar pretexto aos poderosos para aqui me encerrarem, como quero contar-Vos nesta carta, para que Vós mesma julgueis e corrijais o erro, onde o houver.

Confio, pois, na justeza de Vosso julgamento, ainda que mais confusão me faça — a mim que sou dotada de pequeno entendimento e incapaz ~~de tomar por razão o que me aparece como contradição, pois a uma parva como eu é assim que se mostra quase tudo nestas partes de Vosso Reino, e quer-me parecer que também em outras partes e mesmo em todas elas, pelo que leio e ouço dizerem, de tal modo que meu pensamento desordenado insiste em concluir que impera por toda parte a hipocrisia e a mentira~~ — o saber que Vós, chamada por Deus a estender e proteger e firmar seu sagrado reino por toda a terra e cristianizar estes mundos pagãos — razão pela qual Vos devemos obediência todos os Vossos súditos —, mantivestes e até reforçastes a proibição decretada por Vosso avô, o decreto santo rei Dom João IV, de que viajem quaisquer mulheres brancas desta colônia de volta para o Reino de Portugal. Desta sorte, pois, nem em Pernambuco e outras capitanias, nem em Portugal ou mesmo nas ilhas da Madeira ou dos Açores, onde muitos conventos há, podem as mulheres deste Brasil buscar a vida santa e perfeita dos claustros e dos solenes votos de pobreza, obediência e castidade, já que abarrotados estão os mosteiros da Bahia, com todas as suas vagas preenchidas desde sempre e para sempre. Disseram-me que assim o decidis, sabiamente, para que essas mulheres aqui procriem e multiplique-se a sociedade branca dos senhores cristãos-velhos ~~que devem de ser muitos para manterem sujeitos, à força, os negros e os bugres e os mulatos, e aos que chamam mamalucos, nhapangos, caboclos, curibocas, cafuzos, caburés e cabrochas e toda a infinidade de mestiços que há por aqui e que não podem compreender a grandeza de serem súditos de Vossa Majestade, já que seu fraco entendimento não vai além do que veem e sentem para chegar a compreender as cousas mais profundas, e aquilo que veem e sentem é apenas sua própria dor, sua escravização e a crueldade de seus senhores, sejam eles laicos ou clérigos, havendo, pois, perigo de que diabolicamente se revoltem contra a Coroa e concebam o louco desígnio de formarem um povo livre sem submissão a nenhum soberano, como ovelhas sem pastor. Mas penso, às vezes, que talvez mintam os que dizem representar Vossa vontade nesta colônia, pois certamente não sois Vós ímpia como os senhores dos engenhos e clérigos de Pernambuco e da Bahia e das Minas Gerais, incapazes de ver as mulheres como almas cristãs, irmãs da Virgem Maria Mãe de Deus, e usam-nas segundo seus lúbricos desejos, sua infinita ganância e, tanto às suas próprias mulheres quanto às suas escravas e às mulheres dos outros, tratam-nas como simples fêmeas brutas, matrizes úteis apenas para lhes fazerem mais filhos e escravos~~ para a grandeza do império de Portugal como o quer o Santo Padre, o Papa e, por certo, o próprio Deus.

 Néscia que sou, Senhora, ainda me custa compreendê-lo, e disso se serve o Maligno — que outro não pode ser — para constantemente instilar-me pensamentos maus sobre as razões verdadeiras que movem aqueles a quem se deve crer que Deus deu autoridade sobre nós. Que cousa tão lamentável, Senhora, sermos nós, mulheres, sem inteligência, como desde o berço nos fizeram ver que o somos. Graças dou a Deus Nosso Senhor por haver-Vos destinado ao trono e, assim, desde sempre poupar-Vos dessa parvoíce das mulheres comuns. Oh, Sabedoria Divina!

Por ser tão débil de espírito, que bem sei que o sou e confesso, desde a noite daquela tempestade caí outra vez em estado insano, havendo perdido, com o papel, minha esperança de falar-Vos e comover-Vos e escapar daqui, sim, de novo enlouqueci, por vezes com grande agitação, gritos e gemidos que atravessavam até mesmo as paredes de pedra, outras vezes mergulhada em profunda prostração e alheamento. Chamavam-me lunática, como antes, e fizeram vir para examinar-me um charlatão que se apresentava como médico, tão feio, sujo e malcheiroso que, ao vê-lo aproximar-se, acreditei ser um verdugo que vinha para levar-me deste inferno provisório ao eterno ou não sei aonde, e fugi aos gritos, tão desvairada que se me rasgou a roupa e se me quebraram os tamancos. Só não me encerraram novamente como bicho numa jaula porque minha boa Basília agarrou-me e escondeu-me na senzala, deitando-me numa rede de carijó escondida por trás de um monte de palha de milho, tratando-me com suas mezinhas e simpatias por muitas semanas, regulando-as conforme as luas, alimentando-me com sua própria comida que, por mim, deixava de comer, e com caldo de galinhas furtadas da capoeira do convento e preparado por ela, à noite, no mato, vestindo-me e calçando-me de novo, dando-me uma nova enxerga onde deitar-me, tudo pobres arranjos que seu generoso coração, sua mente simples e suas mãos rudes eram capazes de engendrar e fabricar, em total segredo pela sua mudez.

Tenho ainda hoje comigo meu Lunário Perpétuo e as primeiras páginas desta carta que Vos escrevia até então porque minha santa Basília recolheu-os de minha cela, embrulhou-os em grosseira aniagem, tecida por ela mesma, e os levou todo o tempo atados por um cordel à sua cintura, por baixo de seu miserável balandrau, não porque compreendesse o que era aquilo ou a utilidade que tinha, mas porque acreditasse tratar-se de objetos mágicos, algum feitiço que nos pudesse salvar, a mim e a ela própria, se viessem a descobrir os delitos que ela cometia por amor de mim.

Por fim, esqueceram-me outra vez e à minha loucura, mas se Basília assim acalmou meus desvarios, não foi capaz de fazer-me desistir da busca desesperada pelo papel para escrever-Vos.

Por muitos meses tive de pelejar e arriscar-me até encontrá-lo. Pois, se pobre de tudo é este Recolhimento, mais ainda o é das preciosas folhas de que eu necessitava. Guardam-nas aqui, como aos poucos livros que têm, com muito maiores cuidados do que na Bahia, onde abundavam papéis e livros. Bem sabia eu que neste convento existiam papéis, mas onde os escondiam não podia descobrir, pois nunca pude penetrar nas casas reservadas para as que aqui governam ou desgovernam, a Regente e suas conselheiras, separadas dos lugares comuns por uma grossa porta de madeira, guarnecida de ferros e sempre fechada à chave.

Eu, porém, rezando à Virgem, crendo em seu desvelo maternal e na justiça de meu intento — pois nada de mais justo do que desejar uma súdita falar à sua Rainha —, quando voltei curada à minha cela e vi que já ninguém recordava meu desatino, pus-me a vagar às noites, desnuda e tisnada de carvão para ocultar meu vulto nas sombras, descalça, sobre as frias e rugosas pedras que calçam o labirinto deste edifício ao rés do chão ou a áspera e empenada madeira do segundo piso, para silenciar meus passos, tateando na escuridão, a esquadrinhar por toda parte desvãos e escaparates, a escarafunchar os escaninhos em busca de fundos falsos onde houvesse papel. Nada encontrava de valor, ainda que muitas vezes meus dedos se tenham bruscamente encolhido de surpresa ou asco.

Durante os dias tornei-me um geômetra, a medir com braças, palmos e passos e a reter na memória os ângulos e os espaços desses lugares que teria de percorrer às escuras. Tornei-me espiã dos gestos alheios, atenta aos mínimos movimentos das Recolhidas, mais ainda quando ouvia a sineta que anunciava algum visitante, muitos deles estafetas ou trugimãos a trazer e levar papéis, tratando eu de descobrir que destino teriam.

Noites a fio percorri este convento, metendo-me em todos os rincões, levantando as esteiras e enxergas, abrindo com cuidado todas as portas e reposteiros por detrás dos quais se esconde à noite toda sorte de vida obscura, trêmula de medo dos ratos, baratas, osgas, mosquitos ferozes que aqui se chamam meruçocas, dos cupins a roer furiosamente as madeiras, dos morcegos e das mariposas negras a voejar às cegas, e a sentir-me desonesta por estar a ouvir nos dormitórios coletivos os secretos gemidos, os suspiros e sussurros das Recolhidas de condição comum, suas palavras arrevesadas e truncadas, escapulidas do mundo do sono, a resmungarem consigo mesmas ou com alguém que lhes amargava o passado ou lhes envenena o presente, assustando-me ao sentir roçarem-me as teias de aranhas, temendo eu também que quiçá por aqui se dissimule de fato algum fantasma, se é que os há como, nas casas em que tenho vivido, creem muitas das mulheres ~~e não sei se os temem ou se os desejam~~.

Ah! Senhora, nessas minhas andanças pelas trevas do Recolhimento, que experta me tornei em interpretar a algaravia que brota dos corpos noturnos. Logo me fiz hábil em reconhecer por que gemiam aquelas encarceradas, pois não são iguais todos os gemidos e suspiros, havendo deles grande variedade. Posso distinguir com toda claridade os gemidos lançados pelos espasmos ou pela dor do ventre, do peito ou da cabeça, ou gemidos de fome, de comichões, de achaques dos ossos, tão diversos dos gemidos e suspiros de sofrimento da alma, que entre si também diferem conforme sejam de saudades, de desejos ou de solidão, de desânimo ou de ressentimento, de desespero ou de indignação, de rancor ou de ciúmes, de inveja ou de pavor. ~~Mais fácil ainda, Senhora, é distinguir os gemidos de gozo, que os reconheço iguais àqueles escapados de meus lábios sem que eu o quisesse, a cada vez que esta Vossa irmã, débil e pusilânime que sou, depois de muito resistir, entregava-se às rudes carícias do celerado Diogo Lourenço, quando me aparecia em carne e osso, mais músculos que ossos, mais mel que sinceridade, mais palavras que sentimento, mais força bruta que afagos, mais astúcia que desejo, e suspeito que ainda hoje, em noites de lua, me saiam da boca enquanto durmo, como nesta prisão os ouço saírem de tantas bocas entreabertas pelo sono, que só em vigília é possível mantê-las sempre fechadas como nos ordenam a Coroa e a Tríplice Tiara.~~

Por meses fui eu, Senhora, o espectro noturno que assombrava esta casa, sem descanso, de modo que sentindo minha passagem, mas não me podendo ver nem ouvir, tornaram-se mais temerosas as outras mulheres, encolhendo-se em seus catres e redes, com as cabeças tapadas por suas grosseiras colchas, por mais que ardesse o calor destas terras, a crer que assim se defendiam da misteriosa abantesma, deixando-me ainda mais livre para à porfia e embalde buscar papéis. Nada encontrava nos lugares comuns do Recolhimento e não havia como entrar na parte reservada, que as chaves andavam presas por cordéis ao pescoço das que aí moravam.

Já o desalento me dominava, outra vez espreitava-me a demência e eu pensava em colher as folhas que antes Vos havia escrito, lançá-las, de um alto terraço elevado sobre um profundo e estreito vale que ladeia um dos extremos do Recolhimento, numa noite em que soprasse forte o vento, para que as levasse e as espalhasse pelo vasto mundo e, quem sabe, até Vós chegasse alguma delas.

Rezei, rezei muito à Virgem Maria, às Virgens Prudentes e a Santa Isabel, todas por meu nome minhas protetoras. Elas por fim ouviram minhas preces e mandaram-me, por meio da Irmã Zeladora da Casa, que vasculhasse os sombrios cubículos enfileirados como passagens do claustro à sacristia, e do alto da escada do segundo piso até os dormitórios comuns e à parte reservada às que aqui são mais poderosas e distintas, raramente alimpados por não se poder ver a sujidade. Permitiu Deus que minha vassoira encontrasse e movesse, tresmalhada quem sabe há quanto tempo, por baixo de um pesado armário, uma grande chave de ferro. Conheci que era a graça do céu que me visitava e, a fremir de alegria, deixei-a ali mesmo escondida para recolhê-la quando caísse a noite.

Quase nada me custou, Senhora, imaginar — como se me conduzissem os Anjos e o exemplo das Virgens Prudentes — um modo de alumiar o caminho quando penetrasse na parte proibida da casa, pois tinha eu a certeza de que aquela chave abriria, já que, em casas pobres como esta, as chaves são todas grosseiras e iguais, obras de artesãos sem grande arte, e abrem quaisquer fechaduras, se as houver. Era necessária luz para aventurar-me além daquela grossa porta, pois, nunca havendo ali entrado e nada conhecendo, impossível me seria percorrer seus recantos guiada pela memória e o tato, sem abalroar-me contra alguma arca, sem nada derrubar, de modo a não ser ouvida, descoberta e castigada.

Pedi a Basília um trapo de pano, o mais gasto que encontrasse, e ela mo deu, sem fazer-me perguntas, que não as pode fazer por haverem-lhe, ainda criança em sua terra de África, cortado a língua que tinha de nascença partida em duas, como as das víboras, e lhe tiveram medo seus parentes, como foi capaz de contar-me com seus grunhidos, caretas e pantomima. Deu-me dois palmos quadrados de algodão tão gasto que, como se de gaze fosse, ao levantá-lo frente à janela podia-se ver perfeitamente o dia através dele.

Por astúcia, induzi as escravas da cozinha a servirem às Recolhidas, no jantar daquela tarde, uma forte infusão da erva aqui existente por toda parte, chamada por uns capim-santo, por outros capim-de-cheiro, cujos perfume e santidade muito lhes agradam, mormente à Madre Regente, e mais profundamente as faz dormir. Assim o fizeram e, logo de encher seus buchos com a costumeira papa de milho e raízes de mandioca temperadas com sal e pimenta ou adoçadas com o escuro mel dos engenhos de cana, viam-se todas a cabecear de sono, ainda em meio às orações das Completas, recolhendo-se cedo a seus leitos, menos eu, que da cana-santa não bebi, e quando desapareceu todo resto da luz do Sol já elas haviam desaparecido sob suas colchas.

Saí eu, então, para os matos por detrás do Recolhimento, afastei-me o mais que pude até topar com o alto muro — sem temor algum, que, por causa do bastardo que me desgraçou, fiz-me useira e vezeira de andar pelos baldios, sozinha, no escuro — e pus-me a espreitar e perseguir os caga-lumes, ou pirilampos, como me disseram chamarem-se belamente em Portugal, que abundam por aqui tão logo chegue o verão. Ajuntei muitas dúzias deles, grandes e gordos da luz do Sol que havia pouco ainda os alimentava, e os prendi no pequeno saco preparado com a gaze, provendo-me assim da mais bela e abençoada das lanternas, porque feita diretamente por Deus Nosso Senhor, que nem arde nem deita fumo e se pode esconder sem perigo sob as vestes.

Pode ser que nem me creiais, Senhora, se Vos digo que, na primeira vez em que o tentei, como se espectro fosse eu deveras, entrei e saí sem perigos nos quartos vedados, bem mais amplos e cômodos que os comuns que eu conhecia, e, sem estorvo nem demora, guiada pela luz sagrada dos caga-lumes e pelos Anjos e Virgens, como já Vos disse, encontrei todo o papel que desejava, nos maços de documentos havia duzentos anos guardados neste Recolhimento, mais pobre, sim, porém muito mais velho do que o Desterro. Colhi dois maços deles, dos mais antigos, crendo que quanto mais vetustos menos se lhes notaria a falta, e voltei à minha cela como se flutuasse de ventura para escondê-los em minha nova enxerga.

Mais de um ano inteiro se havia passado desde haver eu iniciado esta carta para Vós, Majestade, e pude então, como por milagre, continuá-la. Desde que me deixaram de notar, agora liberta da porta antes firmemente aferrolhada, conto com a proteção de Basília, trabalho em silêncio nos mais humildes serviços desta casa e esquecem-me às noites na minha pequena cela, quando então posso gozar do silêncio e da posse destas riquezas, para mim as maiores, como são o papel, as penas, a tinta e os cotos de velas, as conchas de brasas ou os caga-lumes que a natureza generosa me dá para escrever, escrever-Vos, ler meu único e precioso livro, aliviar-me de tudo o mais!

Percebo, Senhora, que, embora outra desgraça me possa acontecer a qualquer momento e quiçá me veja outra vez sem meios para escrever-Vos, continuo a errar por tantos assuntos sem nenhuma utilidade — a não ser a de dar-me a mim o gozo de escrever palavras — em lugar de dizer-Vos aquilo que é de grande urgência, pois que se o souberdes logo Vos movereis para tirar-me deste inferno. Com os suplícios sobre mim impostos, porém, como já Vos relatei, rodavam minhas ideias como moinhos ao vento e por isso enchi páginas e páginas com minha pobre escrita, sem sequer dizer-Vos quem de fato sou e como e por que vim parar a esta masmorra.

Devo confessar-Vos, Majestade, que muitas vezes duvido de quem sou, duvido de minhas lembranças, já não sei se são verdade ou alucinações, e temo que tudo o que tenho imaginado como se meu passado fosse, até mesmo em parte belo em minha recordação como por vezes me parece, não seja senão o meu desejo de que assim tivesse sido. Prossigo, no entanto, minha Senhora, porque ~~isto de não se saber ao certo quem é cada pessoa, como vejo por toda parte aqui nesta terra do Brasil, há de ser cousa comum também nas galerias de Vossos paços em Portugal e em todos os Vossos reinos — como aprendi dos livros proibidos que li e dos infortúnios que me fez passar Diogo de Távora. Por certo que também ali se cruzam e trocam vênias as pessoas~~

~~consideradas de qualidade, sem nenhuma prova de que o são, tanta é a hipocrisia, o adultério, a mentira, a traição, a lisonja, o fingimento, a aleivosia, a devassidão, o suborno e a corrupção que por eles campeiam~~ sinto e sei que a única cousa que me pode manter sã a mente, de sorte que eu não naufrague para sempre no mar encapelado dos meus delírios, é o esforço de ordenar as palavras em meu pensamento e no papel, não importando para nada se são verdadeiras — daquela verdade que querem os inquisidores e os juízes — ou se são apenas a verdade do meu desejo e do meu sonho, da liberdade de pensar, que outros consideram insanidade, mas que teima em medrar no mais recôndito de qualquer mulher ~~até mesmo em Vós que, sendo rainha, por natureza nada mais sois que uma fêmea faminta de amor e de horizontes, como todas nós outras, porque assim creio estarem feitos o Vosso corpo e o Vosso coração como os nossos, e deles emanarem os mesmos humores, a não ser que Vos hajam mutilado e oprimido desde o Vosso nascimento para torcer-Vos a natureza e fazer de uma simples mulher uma princesa perfeita, o que não creio, pois se assim fosse haveríeis de enlouquecer, Vós também, sendo por certo muito mais de perto vigiada do que nós que nada valemos.~~

Por serdes Vós quem sois, sei bem que não tendes tempo a perder com essas quimeras de uma qualquer como sou eu. Apenas para rezar a Deus e aos Santos, reinar e fazer a justiça é que o tendes. É, pois, mister que eu me defenda de mais desvarios e agora me esforce para esclarecer-Vos, ordenadamente, sobre quem eu penso que sou e que direito e necessidade tenho de recorrer à Vossa Piedade.

PARTE 3
1791

Por mais de um mês, Senhora, tive de abster-me de Vos escrever, agora não mais porque alguma espantosa desgraça me tenha atingido, apenas a forma comum e corrente de desgraça que cabe às pobres prisioneiras e difamadas como eu, às quais se exige que trabalhem e sirvam até à exaustão nesses tempos de festas de Advento, Natal e Circuncisão do Senhor e dos Santos Reis, em que se multiplicam dia e noite as tarefas para que o Recolhimento e seus benfeitores brilhem à custa da exaustão de suas escravas e de suas prisioneiras, poupando-se do esforço as próprias filhas e irmãs deles aqui Recolhidas. Por essa razão só agora me ponho a contar-Vos, de modo mais ordenado se disso eu for capaz, quem sou, o mal que me fizeram e por que tenho direito à Vossa proteção.

Por vezes já não sei ao certo se nasci e fui criada no Engenho Paraíso, um dos maiores e mais ricos daquele recôncavo que cerca a cidade de São Salvador da Bahia. Com meridiana clareza, porém, vejo em minha mente todos os recantos daquela casa, onde me senti muitas vezes infeliz quando ali vivia, de tal modo que, em meu espírito, lhe chamava muitas vezes Engenho Purgatório, mas cuja lembrança hoje se tornou contraditoriamente o único refúgio de alguma alegria para mim. Todas as desditas ali acontecidas parecem-me hoje tão pouco, não sei se pela distância que tudo apequena aos nossos olhos ou se pela imensidade das desventuras que me castigaram depois de abandonar aquele pequeno mundo.

São duas as mais antigas imagens retidas em minha memória: uma, a de dois pés calçados em velhos pantufos, pousados sobre um escabelo, sob a fímbria esfiapada de uma saia castanha, bem junto de meus olhos; outra, a ampla paisagem de dois mares ondulantes, um próximo, feito de canas verdes tocadas pelos ventos, e outro mais distante, de águas verde-azuis, que meu olhar interior ainda hoje encontra, à força de muito imaginar, a espraiar-se para um amplo horizonte.

Os pés, meu coração o sabe de certeza, sem que ninguém mo dissesse, são os de minha Mãe, junto a quem, suponho, deixavam-me estar numa esteira estendida sobre as tábuas do soalho. A Mãe que me restou na imaginação eleva-se inteira somente como sombra, como espectro acima daqueles pobres pés. Minha Mãe, que o infeliz do meu Pai foi buscar à sua aldeia natal para gerar-lhe filhos legítimos, capazes de lá voltar, quando o bafejasse a Fortuna — acreditava nela, o meu Pai — a reclamar as terras boas, usurpadas pela ganância de um senhor daqueles montes, do outro lado do oceano, onde dizem haver mais pedras que terra.

O pobre do meu Pai sonhava melhor vida e abundante descendência, e por sua bondade o merecia, jamais imaginando as miseráveis condições em que haveria de acabar sua única filha e, com ela, sua descendência. A mulher que lhe haveria de dar filhos não pôde resistir aos sofrimentos da viagem e ao clima desta terra e, desde o desembarque na Bahia, já me carregando no ventre, todos os seus dias foram sofrer e sofrer e só por milagre de Santa Isabel foi capaz de parir-me, num dia da festa da Visitação, dando-me por isso este nome de Isabel Maria das Virgens. Menos de um ano sobreviveu a minha Mãe ao meu nascimento, deixando este mundo quando já em mim se viam claramente impressos os traços dela, sua pele e seus olhos claros, seus cabelos fulvos, como se um retrato vivo eu fosse, de modo que meu Pai, pela dor da saudade ao ver-me, por muito tempo me esqueceu. Se o bom Gregório não me tivesse recolhido à senzala para que me amamentassem e alentassem as negras do engenho, e se elas fossem menos generosas, não poderia eu estar hoje aqui a escrever-Vos.

Era homem bondoso, forte, verdadeiro e destemido, meu Pai, e foram essas virtudes, creio eu, a razão de sua desgraça. Tivesse ele ficado em sua aldeia, ao norte de Portugal onde sua família tinha fundas raízes, pobre teria sido, por certo, mas da pobreza já conhecida para a qual preparado estava desde antes de nascer. Por ser como era, porém, e o primeiro de dezoito irmãos, sonhou salvar os seus da penúria ali anunciada como eterna e, para isso, aceitou acompanhar ao Brasil o senhor Dom Afonso Antunes de Castro, terceiro filho de família fidalga, enviado para casar-se com uma prima, em terras da Bahia, e apossar-se da sesmaria e do engenho que havia concedido El Rei ao seu primo e futuro sogro, incapaz de gerar legítimo filho varão que os herdasse, que para isso não serviam seus muitos bastardos, mamalucos ou mulatos.

Sendo a família de meu pai, desde os tempos dos mouros, servidora leal e da maior confiança dos Castro, e sendo meu Pai homem alto e forte, ágil no manejo das armas e firme no comando da faina nas vinhas e eiras, Dom Afonso fez dele chefe dos homens de armas que trouxe consigo, e permitiu que antes se casasse e com ele viesse sua esposa, Mariana, minha pobre Mãe.

Segundo diziam os demais homens desse fidalgo, não fossem a coragem e a inteligência de meu pai, teriam todos perecido, levados pelas imensas vagas, mais perigosas do que quaisquer monstros ou sereias que nesse mar oceano houvesse, a varrerem o convés e inundar cabines e porões do barco, durante uma longa tempestade. Meu pai, então, lembrou-se da astúcia de Ulisses, cujas aventuras ouvira contar pelo cura de sua aldeia, e mandou que se amarrassem todos, com as mais fortes adriças, aos mastros ou a qualquer madeiro que estivessem firmemente presos ao convés, e assim salvaram-se todos os brancos livres embarcados nessa viagem, perecendo apenas quase todos os poucos degredados e os muitos negros escravizados que vinham fechados nos porões desde Cabo Verde onde aportaram para buscá-los.

Ao extinguir-se a tempestade, já em ponto bastante próximo a uma ilha em cujas rochas por pouco não se abalroara a embarcação, esgotaram com grande esforço as águas que enchiam os porões e quase afundavam a nau. Encontraram, então, inertes, quase todos os africanos e degredados ali presos, vivos apenas uns poucos que, por graça de nosso Deus ou dos deuses deles, haviam conseguido manter as cabeças acima da linha d'água. Temendo contaminar-se com a exalação pestífera dos cadáveres, os marinheiros e passageiros sobreviventes puseram-se às pressas a lançá-los ao mar, sem sequer examiná-los um a um para verificar se alguma esperança de vida lhes restava. Meu pai, porém, que a tudo assistia da amurada, percebeu que um dos homens atirados ao mar debatia-se em desespero, como que desperto pelo choque com as águas revoltas. Sem mais pensar, movido não pela cobiça senão por sua piedade, que era muita, pois nem a ele nem a seu senhor pertenciam esses escravos, despiu-se, agarrou com os dentes a ponta de uma longa corda e lançou-se ao mar, com grande perigo e coragem, chamando pela Senhora dos Navegantes, chegou até o moribundo, atou-o para que não o levassem os vagalhões e o trouxe de volta ao barco.

    Vivo estava o africano, a quem haviam batizado Gregório, tinha porém uma das pernas rota em três partes, por isso o mercador, seu dono, deu-o a seu salvador, pois que como mercadoria já nada valia e não queria mais uma boca inútil a alimentar. Apegou-se então esse negro a meu Pai que o salvou e curou com desvelo e deu-lhe a alforria. Gregório por meu Pai mil vezes teria dado a própria vida, tantas me salvou a minha, e jamais nos abandonou. Nunca foram senhor e escravo, mas irmãos livres e inseparáveis até que, após muitas desgraças, a morte levasse meu Pai e o afeto de Gregório, já velho e mais coxo, ainda forte e sábio porém, tornou-se meu único e exclusivo bem, e minha vida teria sido outra, não fossem as desgraças que teimaram em nos atingir, a mim e ao pobre negro por minha causa.

    Cedo demais perdi minha mãe e salvei-me apenas pela astúcia de Gregório que me entregou à bondade das negras para criar-me nos desvãos da senzala e da cozinha da casa-grande, até meus quatro ou cinco anos, quando já não podiam mais manter-me quieta e escondida das vistas dos senhores.

    Meu Pai andava noite e dia a cavalgar ou a acampar nos sertões, metido em escaramuças, guardando as extensas terras de seu senhor sempre em questão com os proprietários vizinhos e mesmo flibusteiros que chegavam pelo mar, e quase não me via pelo pouco tempo livre que lhe restava, mas, creio, também sequer me olhava pela dor de saudades que lhe causava minha figura, a cada dia mais semelhante à de minha Mãe, diziam, apesar da pele queimada e escurecida pelo sol destes tristes trópicos. Criei-me, então, nos meus primeiros anos, livre e solta pelos campos próximos à senzala e protegida pelas amas negras, que me amavam e eu amava como família de meu sangue, a jogar e aprender com elas e suas crias as palavras e as cousas da vida simples.

    Quis Deus, porém, que a senhora daquele engenho, vendo-me uma manhã — acabada de banhar-me no arroio que passava junto à cozinha e vestida pelas minhas mães negras com uma bata limpa — se agradasse de mim e me julgasse boa companheira para sua primeira filha, parida uns poucos meses depois de meu nascimento, bem mais pequena e franzina do que eu, talvez porque fui alimentada com melhor e mais abundante leite do que o da fraca Sinhá, sempre achacadiça. Ordenou então que eu passasse a viver na casa-grande, a dormir numa rede junto ao leito de sua filha e a comer das mesmas iguarias que lhe serviam, a vestir-me com as mesmas batas de algodão debruadas com rendas. Tornei-me assim a companheira de jogos, a única amiga e, direi mesmo que, em meu coração e no dela, a irmã maior e protetora da Sinhazinha Blandina. Até então enfermiça ela também, tal qual sua mãe, agradou-se de mim, de minhas pilhérias e liberdade, quis acompanhar-me nas minhas correrias pelo jardim e pelos pomares em torno da casa-grande e aos poucos perdeu sua palidez e melancolia, tornando-se mais forte e mais bela.

Destinada pelo pai a casar-se um dia com o herdeiro de outras vastas terras que a ele interessassem — havendo eu um dia ouvido mencionar a grande família dos Garcia d'Ávila, da Casa da Torre, quando servia à mesa e desse assunto se tratava entre os senhores presentes — devia Blandina ser preparada para o bom desempenho nas visitas às casas-grandes, nas igrejas, novenas e procissões com que se entretêm os poderosos destas terras — em seu lugar de senhora fidalga, e para isso convocaram o padre-mestre, aparentado com a mãe dela, que ministrava na capela da propriedade ~~como é costume e sinecura comum aos clérigos nestas plagas, fazendo-se vista grossa ao seu descumprimento da disciplina eclesiástica e serenando-o com o conforto de uma escrava e filhos mulatos livres~~. Por fortuna, porém, era bondoso e erudito esse padre, formado em Coimbra, por certo segundo ou terceiro filho de algum fidalgo, destinado ao sacerdócio e aos estudos para compensar-se de ter cedido ao primogênito o morgadio das terras da família, como dizem que se costuma fazer em Vossos reinos.

Muito mais do que minha irmã Blandina, beneficiei-me eu, com minha indomável curiosidade, das lições desse mestre que, notando-lhe o desinteresse e a distração, percebeu que eu, ao contrário, meio oculta por trás dos reposteiros, sempre atenta às suas lições, escrevia com um pedaço de carvão nas folhas macias que envolvem as espigas de milho-verde, cuidadosamente recolhidas da cozinha e deixadas por dias sob o peso de um cepo ou de um pilão para que secassem planas como folhas de papel. Muito mais a mim do que a ela passou a dirigir sua atenção, emprestar seus livros e exigir zelo nos estudos. Mal sabia ele o tesouro e a salvação que me concedia e o quanto me haveria de servir esse saber!

Assim passaram-se anos nos quais sequer me perguntava eu se era feliz ou não, até que meu corpo, muito antes que o de Blandina, começasse a mostrar a madurez de mulher que crescia. Antes que pudesse eu compreender os desejos dos homens, acontecia, então, deparar-me frequentemente com o olhar do feitor de escravos, conhecido como João Diabo — apelido que muito lhe agradava por significar seu poder e crueldade para com qualquer gesto de rebeldia dos negros —, fixo em mim através de janelas, portas, frestas quaisquer, como a perseguir-me, a mim que submissão não lhe devia.

Minha querida irmã de criação enfastiava-se da comida que vinha da cozinha, e quase apenas de frutas maduras se alimentava. Para não deixar perecer minha Blandina, acostumei-me desde pequena, à primeira luz do dia, vestida inocentemente apenas com minha fina camisa de dormir, a esgueirar-me sem medo para o pomar e os bosques bem junto ao engenho em busca de frutas maduras e ainda frescas, das muitas nativas do Brasil ou trazidas das Índias e aqui aclimatadas no Horto d'El Rei, que posso ver do terraço deste Recolhimento de Olinda, e aqui frutificam, umas ou outras, ao longo de todo o ano: os cajus, os araçás e as goiabas, mangas, jacas e mamões, abacaxis, abius e sapotis, umbus e cajás, pitangas e jabuticabas e tantas que sendo-Vos estranhas e selvagens por certo não agradariam ao paladar de Vossa Majestade, mas fazem a delícia dos moradores desta colônia e, cozidas com o farto açúcar que aqui se produz, podem conservar-se por todo o ano depois de finda sua safra.

Desse meu costume generoso e inocente veio a segunda grande desdita a ferir-me e tornar mais pedregosos os caminhos de minha vida. Porque foi numa madrugada dessas que me vi, de repente, agarrada e derrubada ao chão pelo abominável João Diabo, sem sequer compreender sua intenção, ingênua que era eu. Ingênua, sim, mas ágil e vigorosa, e vendo-o soltar-me e ocupar suas mãos em desafivelar o cinturão, imaginei que me queria açoitar como eu o via fazer, por nada, com os escravos do canavial. De minha posição, estendida por terra diante dele, golpeei-o com os pés entre as suas pernas, bem onde têm eles seu orgulho, com toda a minha força acrescida pelo pavor. Enquanto ele se retorcia pela inesperada dor, fui capaz de levantar--me, escapulir a correr e a gritar por socorro, e me ouviram e viram as escravas que se dirigiam ao lajedo à beira do riacho, com a roupa da casa a lavar, levantando elas grande bulha e salvando-me das garras do Diabo enquanto esse se escafedia.

Salvaram-me do malvado, mas não de outras desditas, porque suas línguas soltas fizeram logo saber a toda a gente do engenho que aquele rufião de mim quisera abusar, e entre todos a meu Pai, desatando-lhe uma fúria igual ao magoado e silencioso amor que por mim guardava no fundo de si. Deu-se então nova desgraça, porque meu Pai, sem cuidar de esconder seu ato, perseguiu até ao inferno aquele celerado e, à frente de todos os circundantes, fincou-lhe a espada ao peito, de tal modo enraivecido que num único golpe, veloz e certeiro, trespassou e sangrou o coração de João Diabo sem lhe deixar nem o tempo de um gemido.

Era crime de morte, visto por testemunhas várias, e nestas terras nunca se pode confiar inteiramente em ninguém, estando muitos dispostos a delatar, por algum punhado de moedas ou favores, mesmo a um homem sabidamente verdadeiro e generoso.

Por amizade e gratidão a meu Pai, que o havia servido e guardado fielmente por tantos anos, o senhor do engenho pagou-lhe todo o devido, deu-lhe cinco mulas, carregadas de víveres e munição, as armas que usava em seu ofício e armou também o Gregório, a açodá-los para que naquela mesma noite partissem pelo meio dos matos para evitar as estradas conhecidas e se metessem pelos sertões o mais longe que pudessem, antes que o acontecimento chegasse aos ouvidos dos oficiais do reino. Pela primeira vez, vi meu Pai com os olhos úmidos de lágrimas, senti suas mãos sobre minha cabeça e minha fronte recebeu o único beijo que jamais me deu.

Foi-se então meu Pai para os sertões. Eu nenhuma ideia poderia ter de quão longínquos eram, imaginando serem apenas as matas cerradas, para além dos engenhos vizinhos, ainda visíveis do mirante sobre a casa, e a ninguém ocorreu explicar-me ser aquela partida para nunca mais!

Continuei a viver naquela casa como sempre, apenas mais cauta quanto aos homens, de quem me deveria manter afastada pelo perigo de gravemente me magoarem, alertada pelos conselhos de Engrácia, a mãe de leite de minha Blandina e a ela inteiramente dedicada, sua verdadeira mãe-preta, pois sua mãe de sangue Sinhá Dona Victória, depois de ter parido mais duas fêmeas e nenhum filho varão, esgotada e ferida pelo último parto e incapaz de emprenhar-se de novo, por mais que se entregasse aos caprichos do senhor seu marido, por isso recriminada e desprezada por ele, cada vez se mostrava mais apática e lânguida, largada em sua rede ou debaixo do baldaquino de seu leito, sob um grande abanador agitado por um moleque pajem da casa e cercada por amas, a acalmá-la à força de carícias por entre os cabelos, que chamam cafuné, como é aqui o costume, e a usar das artimanhas usadas com as crianças de colo para fazê-la engolir um pouco de suas papas e não perecer de inanição.

Crescíamos, Blandina e eu, nossos corpos ganhavam novas formas e mais nos acautelava Engrácia contra os perigos dos machos brutos, sem no entanto instruir-nos nos detalhes e apenas os adivinhávamos ao espiar os bichos e a perguntar-nos se aquilo se daria também entre homem e mulher. Sabíamos que nos devíamos afastar deles e nunca permitir que nos tocassem, senão quando nos fossem dados como esposos e como tal abençoados. Mal sabíamos nós que a natureza tem suas manhas e modos de vencer pela força das nossas entranhas as virtudes infundidas pela família e a religião. Puras devíamos e queríamos permanecer até o dia das bodas, mais certamente as de Blandina do que as minhas, que a falta de dote afastava para além de qualquer horizonte. Consolava-me a certeza de que, para onde fosse minha irmã Blandina, também iria eu, pois ela não se passava nunca de minha companhia.

Seguimos naquela nossa vida curiosa e descuidada, a percorrer as terras da sesmaria e a esperar e desfrutar das raras ocasiões em que os festejos religiosos, mundanos ou ambas as cousas, como se misturam aqui, nos levavam às vilas e ao fausto das igrejas, procissões e mansões senhoriais que nos encantavam.

Sentíamo-nos livres, embora sempre de alguma forma vigiadas e protegidas, podendo nós, fora das poucas horas matinais de lições do padre-mestre e do rosário e novenas na capela do engenho ao cair da tarde, vagar onde quiséssemos pelas terras do engenho, acompanhadas apenas por um moleque escravo, que fazia as vezes de pajem na casa dos senhores, Eliseu Miúdo, do nome de seu pai Eliseu Grande e filho também de Engrácia. Era de nossa mesma idade, irmão de leite de Blandina, ainda que mais franzino e infantil do que nós, porém alegre e boa companhia, hábil para escalar as árvores e palmeiras mais altas, nadava como um peixe, trazia-nos seres vivos ou inanimados do fundo dos açudes e riachos, manhoso e destro em fazer armadilhas e trazer saguis, caxinguelês, tatus-bolas, preás e outros pequenos animais para servir-nos de divertimento, ou saborosos peixinhos ditos piabas e uns camarões de água doce, aqui chamados pitus, que nos divertíamos a assar sobre brasas e saborear às escondidas de forma a aumentar nosso prazer pelo segredo. Eliseu Miúdo era nosso cúmplice e condição de nossa pequena liberdade, em nada nos constrangia.

Jamais poderíamos ter vislumbrado o destino que nos esperava, a ambas, até o dia em que nos deparamos com ele, o sedutor, o irresistível e astucioso que nos encantou e enganou, o lúbrico e mentiroso, ou verdadeiro e apaixonado, nunca o saberíamos ao certo, ele cuja imagem nunca mais nos deixou em paz, Diogo Lourenço de Távora, demônio com feições e voz de anjo.

Estávamos Blandina e eu sozinhas naquele dia. Eliseu Miúdo teve outros afazeres pois estava a casa em polvorosa, toda à volta da Sinhá, como chamam os escravos às senhoras, pois havia Dona Victória amanhecido mais doente e suspirosa que de costume, estando o senhor fora do engenho, em longa viagem, diziam que até África ou Portugal, e já ninguém fazia caso de nós.

Depois da missa e das lições, como de costume, saímos a correr pelos campos, naquele dia atrás de borboletas passando em bandos e queríamos apanhá-las para prendê-las vivas numa caixa de palha fina tecida por Gregório e levá-las a enfeitar nossa sala de jogos. Perseguindo asas coloridas fomos dar ao açude que se encontra entre as terras dos Castro e as do engenho dos Távora, causa de muitas questões entre esses senhores, mas para nós apenas um lugar belo, fresco e cheio de interesse!

Gritávamos ou ríamos, cada vez que conseguíamos prender uma borboleta ou, do mesmo modo, quando por pouco se nos escapava alguma, e era tudo diversão, a correr e saltar por entre os arbustos em torno às águas, até que, de repente, ouvimos gritos desesperados de alguém que pedia: Socorro, socorro! Salva-me mi Santiago, que me muero! Socorro, ai, mi corazón! Dói-me o peito, está prestes a parar meu coração! Salvai-me, meu Deus, salvai-me quem me ouvir!

Corremos então até à borda de areia fina do açude e vimos, a algumas braças de onde estávamos e voltado para nós com expressão de grande dor e angústia, um mancebo que jamais havíamos visto, afundando e emergindo com uma das mãos estendida para nós e a outra a apertar o próprio peito, lançando ainda, naquela mistura de português e castellano, frases e gemidos de desespero: Ayúdenme que me muero, já no tenho fuerzas! E pensamos que o acometia uma apoplexia ou qualquer outro mal mortal, pois de outro modo não estaria a afogar-se em águas tão rasas onde muitas vezes nos havíamos banhado sem perigo algum. Hesitava eu, ainda, mas Blandina, de costume tão mais medrosa e tímida, olvidando todo recato ergueu a bata até à cintura e avançou antes de mim em auxílio do homem agonizante. Seguia-a de pronto, sem mais pensar, metendo-nos ambas na rasa lagoa. Em um instante o alcançamos, quando ele de novo afundava nas águas, e o agarramos as duas para salvá-lo do afogamento. Emergiu em nossos braços e, como inteiramente esmorecido, pendeu a cabeça de olhos fechados sobre um ombro e o peito de Blandina, de modo que o julgamos morto ou quase morto. Que forças nos dá a aflição, por vezes, Senhora! Ele era grande, musculoso e, inerte, pesava muito, mas fomos capazes de, sem grande dificuldade, logo carregá-lo para a margem e estendê-lo sobre a relva. Blandina pousou-lhe a cabeça no próprio colo, ele de olhos fechados, por angustiosos segundos que pareceram horas, não respirava enquanto ela, sim, arfava de emoção. Creio que ali, naquele momento, nasceu a paixão que um dia haveria de matá-la. Ah, Senhora, se eu pudesse então adivinhar o quanto nos faria sofrer aquele homem, juro que o teria devolvido ao lago para ali consumir-se, se de verdade estivesse mesmo a ponto de morrer, do que eu hoje duvido, depois de conhecer sua arte de enganar para aproveitar-se da inocência alheia.

Sempre mais aflitas estávamos as duas ao tocar seu peito e suas ventas e sentir que não respirava, até que ele se moveu e inspirou um farto sorvo de ar, sem no entanto abrir os olhos, começou a mover-se no colo de minha quase irmã, agarrando-se a ela, como inconsciente, elevando os braços até enlaçar-lhe o pescoço e puxá-la para si de modo que os seios dela lhe chegavam à boca e ali esfregava o rosto como em convulsões. Tentei detê-lo, acalmá-lo, fazê-lo soltar Blandina, mas pareceu-me que ela mesma resistia a minhas tentativas de libertá-la daquele abraço trágico. Nem sei por quanto tempo assim ficaram, até que ele, finalmente, abriu os olhos como se voltasse a si, e pôs-se a fazer-nos perguntas, no mais castiço português sem mais nenhuma mistura de castellano, sobre quem éramos e o que lhe havia acontecido, cousa certamente já sabida por ele, a mostrar-se inocente e surpreso, sem no entanto fazer menção de levantar a cabeça de onde estava bem acomodada. Nós, tolas, acreditamos em tudo o que saía daquela boca bela e mentirosa. Dizia não ter forças para levantar-se, implorava que não o abandonássemos naquele estado e nos burlou por muito tempo, lamentando-se de sua vida desgraçada, do medo da morte se o deixássemos só, até começar a cair a tarde e ouvir-se o sino da capela a chamar para o rosário quando, então, como por milagre, levantou-se, são e salvo, e partiu a nado pelo açude, não sem antes marcar encontro conosco naquele mesmo lugar para a tarde seguinte.

Com dificuldade consegui arrancar Blandina da margem da água, e só depois de ter ele acenado e desaparecido por trás das moitas do outro lado e de eu ameaçá-la com os castigos que nos dariam se não chegássemos a tempo para a reza ou se se dessem conta de nossas roupas ainda úmidas. Corremos, então, de volta à casa-grande e sua capela, mas posso assegurar-Vos, Senhora, que a Blandina que ao meu lado corria para o lado de onde vinha o badalar do sino já não era a mesma que me acompanhara poucas horas antes a correr atrás das borboletas. Aquela era uma menina, esta agora era uma mulher e eu, embora ainda sem tudo compreender, por tão bem conhecê-la, sabia da profunda mudança sucedida em seu modo de ser e sentir e aquilo me assombrava.

Naquela noite, não dormiu Blandina, agitada e rubra, como febril, e tampouco pude dormir eu. Sem cessar queria ela relembrar todos os contos daquele que se apresentava como Diogo Lourenço de Távora, infeliz, primeiro, por ser um desprezado bastardo do então famoso

Marquês de Távora, nascido do então poderoso pai e de uma dama da Corte, de importante família de Espanha, mas expulsa de sua casa e de Vosso Reino pelo próprio marido ao descobrir a geração espúria daquele filho, que os Távora receberam como deles, mas na condição subalterna de ilegítimo, cuja vida como nos contou eu mesma já Vos contei, em parte, embora de maneira baralhada, pois baralhada estava eu, assim como minhas ideias e sentimentos quando comecei a Vos escrever esta carta.

Notai, porém, Majestade, como agora já sou capaz de relatar-Vos, de maneira tão mais ordenada e seguida do que nas minhas primeiras páginas, a história que Vos prometi, por ser tão bom remédio para a alma e o juízo o simples poder de escrever e ordenar no papel as ideias e as palavras. Vede, Vós mesma, como louca não sou quando não há quem se empenhe em me enlouquecer! E, com tudo o que sofri e aprendi em busca dos meios para fazê-lo, agora tenho a certeza de que irei até o fim deste relato, a menos que decida o Céu punir-me ainda por meus pecados com mais algum suplício ou privação, ainda que nenhuma certeza tenha de que ele poderá chegar até Vós. Prossigo então com muito ânimo, pois isto me acalma o coração e o pensamento, reordena-me a memória.

Como Vos prometi contar, Senhora, tudo aquilo que nos aconteceu, para que possais compreender a desgraça que nos atingiu, não pouparei palavras, mesmo aquelas de que me envergonho, porque de outro modo não podereis compreender quão grande foi a injustiça que nos fizeram, não podereis compreender o quanto somos nós, as mulheres desta terra, usadas e abusadas por todos aqueles que aqui detêm o poder e nunca, por nenhuma razão, abrem mão dele, nem sequer por amor de nosso Senhor Jesus Cristo. ~~Parece que jamais ouviram ler os Evangelhos ou que seus ouvidos tornam-se moucos cada vez que se pronuncia a Palavra do Senhor, se não como poderiam eles estirarem-se debaixo de seus dosséis, sobre colchões e almofadas de plumas, ou em seus alpendres, nas redes de embalar à moda dos indígenas, e adormecer em paz, imediatamente, sem medo do fogo do inferno?~~

Retomo, pois, Senhora, sem dissimulação nem mentira, minha narrativa das infelicidades que me acometeram, a mim e a quase todas as mulheres destas terras, ainda que brancas e reconhecidas como naturais de Vosso reino de Portugal, Vossas súditas como quaisquer outras e merecedoras de Vossa proteção ~~embora muitos digam, e eu mesma às vezes o creia, que bem sabeis de tudo isso, mas aos grandes deste mundo, como sois Vós, pouco importam os que nada temos, como nós as mulheres pobres desta terra, os indígenas massacrados e roubados, os infelizes africanos trazidos à força de suas ricas terras para morrer em meio ao mar oceano de águas revoltas ou ao mar de canas verdes onde poucos sobrevivem mais que uns poucos anos — eles que, nas palavras do Pregador António Vieira, só por suas dores já são a mais perfeita imitação do Cristo, — sacrificados todos em trabalhos desumanos em nome da evangelização dos pagãos da glória de Vossa Coroa e da riqueza do reino de Portugal e de seus nobres~~.

    Desde aquele dia em que pensamos ter salvo Diogo Lourenço da morte, transformou-se nossa vida numa permanente agrura. Em nada mais podia pensar Blandina senão naquele que a havia fascinado, como dizem fazer as serpentes aos passarinhos, mas nem ela nem eu o víamos com clareza, como só tardiamente vi, os traços da serpente escondidos por uma aparência de anjo e lendas de herói.

    Em grande agitação passou minha irmã a noite e a manhã seguintes pelo desejo de vê-lo, sentimento que a mim também ameaçava dominar. Aproveitando-nos da ausência de Eliseu Miúdo e das preocupações que causava Sinhá Victória a toda a gente da casa-grande, livres já das lições do padre-mestre e do almoço obrigatório à mesa da família, pudemos nós, despercebidas, correr para o açude a encontrá-lo, segundo o ajustado na véspera. Para meu espanto, Blandina se tinha apertado em seu espartilho, trajava seu mais belo vestido, o de veludo, e seus sapatinhos de festa, refizera com capricho seu penteado e perfumara-se com essência de rosmaninho como a donzela dos contos d'antanho preparando-se para encantar seu galante cortejador, ainda mesmo sem saber se era ele na verdade quem dizia ser e se ali de fato nos esperava. Tivemos de esgueirar-nos sorrateiramente por uma das janelas laterais da casa-grande para não sermos vistas por ninguém nem estranharem os inusitados trajes de Blandina. Eu, por não me considerar mais do que sua servidora e cúmplice, com nada especial me cobri, nada tinha de tão luxuoso e preocupava-me apenas servi-la e protegê-la, vesti-me como sempre apenas com a costumeira bata branca, simples e limpa.

Que susto tivemos ao chegar à beira do espelho d'água e encontrá-lo inteiramente nu, sem sequer nos dar as costas para esconder suas vergonhas expostas, a secar-se impudentemente com uma grande toalha antes de vestir, ele também, seus trajes cavalheirescos, calções de veludo, camisa de linho aberta ao peito, o cinturão e as botas elegantes que trazia numa bolsa de couro, decerto tudo pensado de antemão para impressionar-nos e perturbar-nos, a nós que pela primeira vez víamos de corpo inteiro a um homem branco desnudo. Causou-nos grande susto e atônitas ficamos, mas ele não parecia notar nossa timidez e assombro, natural e lentamente tomou todo o tempo que lhe aprouve até cobrir-se decentemente, como se nos quisesse seduzir com suas formas e deixar-nos desvairadas à sua mercê, embora nem nos dirigisse diretamente a mirada e aparentasse não nos ver.

Tão enfeitiçadas estávamos que nem pudemos, naquele momento, nos dar conta de que nenhum de seus pertences estava molhado das águas do açude, nem trazia ele sinal visível da enfermidade mortal do dia anterior. Tudo aquilo era por certo encenação muito bem imaginada e preparada para nos cativar e comprometer, como agora percebo com clareza, mas não naquele momento de assombro e extrema curiosidade. Corado, são e descuidado se mostrava e, com gestos bem medidos e estudados, exibia-nos suas formas e força, sua beleza e os atributos da macheza que jamais ninguém nos deixara ver com tal despudor. Paralisadas pelo espanto e pela vergonha, dele não despegávamos os olhos, ao mesmo tempo assustadas e enfeitiçadas pelo que descobríamos naquele instante e fazia ferverem os sucos e humores que nos corriam pelas entranhas, ~~e decerto mais não é preciso explicar-Vos de como em nós despertaram calores e tremores, deveis Vós mesma saber, imagino, pois decerto em algum momento de Vossa vida havei-Vos desencaminhado assim da reta senda de Vosso destino superior.~~

Enfim vestido, Diogo Lourenço mais uma vez nos surpreendeu ao sacar de dentro do alforje nada menos que uma viola e só então pareceu dar acordo de nossa presença, fingindo surpresa. Para meu infortúnio, bem de frente encarou-nos e, sem nada dizer, pôs-se a dedilhar as cordas do instrumento, aproximando-se lentamente a cantar requintadas cantigas de amor com voz grave, lindamente modulada, que me provocava um vago sentimento de saudades, como se já antes conhecesse aquele modo de cantar, alongando-se às vezes como se trinasse. Seriam lembranças, perdidas no fundo de minha memória mais antiga, de cantigas de minha Mãe ou de meu Pai, antes que nos atingisse a desgraça, ela desaparecesse e só restasse nele a muda tristeza?

 Ai, Senhora, naquele momento foram arrombadas todas as minhas defesas e desconfianças e de desejo por aquele homem meu coração foi também tomado. Talvez mais abalada do que Blandina fiquei eu, por não ser a bela fidalga vestida em veludo e sedas, apenas uma serva destinada a deixar-me estar sempre um passo atrás dela e à sua sombra e portanto sem nenhuma esperança de encantar aqueles negros, doces e enredadores olhos, de tão longas pestanas franjados. Ele dirigia seu canto ora a ela, ora a mim, mas bem se percebia ser ela a privilegiada a seduzir por primeiro, sem descuidar, porém, de mim, a cúmplice subalterna e necessária, a ser também conquistada e submetida.

 Ali ficamos, as duas assentadas sobre a relva enquanto ele feria as cordas da viola, bem aprumado e elegante, apoiando um de seus pés numa pedra de granito que bem junto de nós aflorava e contra a qual nos reclinávamos, outras vezes inclinando-se até quase tocar com os lábios a fronte de Blandina, que ora enrubescia, ora empalidecia sem dele tirar os olhos. Nem percebíamos avançar a tarde, até o próprio Diogo nos alertar e nos despedir, não sem antes curvar-se e colher dois pequenos ramilhetes de flores silvestres para galantemente nos ofertar.

 Outra vez corremos, ofegantes, deixando cair as flores pelo caminho, com medo de que nos apanhassem em flagrante delito de impudicícia e dali em diante nos prendessem num quarto fechado. Então descobri que Blandina, mais astuta do que eu pudera imaginar, tinha deixado escondida numas touceiras por trás da capela uma bata das de uso diário, e ali despiu-se e ocultou os trajes de gala para vestir a roupa comum e chegar à capela sem despertar suspeitas. Era outra, realmente, a minha companheira de tantos anos, e eu quase não a reconhecia, tão indolente e entediada se mostrava antes e agora tão esperta, corajosa e enérgica! Quando me recolhi à capela, eu que de costume, na hora da reza, sempre esvaziava meu espírito e me deixava embalar pelos cantos sacros e as orações, como se em outro mundo estivesse, naquele dia também me encontrei sendo outra, capaz só de ver e rever, ouvir e deixar-me invadir pela imagem e a voz de Diogo de Távora, e sentia por dentro como um tremor e uma quentura, sem compreender se eram de prazer ou de medo.

Nem ela nem eu éramos mais as mesmas meninas descuidadas, éramos moças a sofrer as flechadas do amor e da sedução contra as quais tanto nos havia prevenido o padre-mestre, cheias de pecado, pensava eu, e mais estremecia e me amofinava por saber-me de antemão a perdedora naquele jogo. Tão ingênua era eu então, não sabia quase nada para ser capaz de imaginar todos os espinhos que aquele desalmado haveria de fincar na carne e no espírito de Sinhazinha Blandina.

Por muitos dias seguiram-se as tardes de encontros escusos com aquele feiticeiro, que ora nos embebedava com a garapa de suas canções, ora nos comovia com as ousadas, cômicas, trágicas ou heroicas aventuras e desventuras que nos assegurava haver vivido desde que seus irmãos, por ser ele ilegítimo, o obrigaram em tenra idade a embarcar como grumete nos barcos que se aventuravam pelo mar oceano.

Muito do que dizia não seria decente para os ouvidos de duas donzelas, mas por isso mesmo nos atraía ainda mais. E seguíamos assim, enquanto no engenho já se iam acostumando com nossa liberdade sem vigilância, iniciada na ausência do dono da casa então em prolongada viagem, deixando-nos à solta, porém mais e mais acorrentadas a Diogo Lourenço.

Um dia, em vez da viola, trouxe-nos ele um punhado de grãos escuros, como que torrados, nunca vistos por nós. Dizia ser algo muito precioso, privilégio dos fidalgos nas Cortes de Europa, e nos oferecia *como prova de seu extremo apreço a nós dedicado*. Tomou duas pedras da beira do açude, enxugou-as com um lenço de linho sacado de sua algibeira, e entre elas pôs-se a moer os grãos até obter um pó grosso. Tirou, então, de seu embornal uma armação de arames sustentando um pequeno saco de algodão branco no qual entornou o pó moído, e uma grande caneca de metal que acomodou por baixo do pano; juntou um feixe de gravetos secos e acendeu fogo com sua pederneira, apanhou água com uma tigela de ferro que trazia também no embornal, fez quase ferver a água e derramou-a pouco a pouco sobre o pó, fazendo escorrer na caneca abaixo um líquido escuro e perfumado, cujo odor nunca tínhamos sentido. Então deu-nos a beber aquilo que chamava café, nome já alguma vez por nós ouvido mencionarem de passagem. Provei eu primeiro, dois ou três goles, e por estranho e amargo não me soube bem, mas Blandina, recebendo-o das mãos amadas do sedutor, sorveu-o, pouco a pouco, todo o resto, até o fim.

Enquanto Blandina bebia, Diogo pôs-se a narrar uma espantosa história de como havia obtido aqueles grãos que chamava de ouro negro e um dia serão, dizia ele, a riqueza maior do Brasil graças à sua ousadia e coragem, unidas à sua capacidade de sedução.

Disse-nos que tinha um fiel amigo, oficial da Armada Francesa, capturado por piratas ao norte do Marrocos, como acontecera ao próprio Diogo, vendido a desprezíveis e cruéis mercadores e obrigado a remar por longos meses, acorrentado em um bergantim. Quis a sorte estarem sempre os dois na mesma embarcação, presos lado a lado, e fazerem-se amigos quase irmãos naqueles longos dias de sofrimento, até que uma tempestade levou os mercadores a soltar seus remadores das correntes para salvarem-se por si mesmos e não perdê-los todos. Os dois amigos, então, por sua coragem e desespero, aproveitando-se do tumulto, arrancaram a prancha de madeira que lhes servia de banco e lançaram-se ao mar, afastando-se do barco o mais possível. Por dois dias e noites flutuaram agarrados à prancha, em meio às altas vagas, com as bocas abertas para o céu a receber o quanto podiam das gotas de chuva para de sede não morrerem, e acabaram por dar a uma ilha de onde, em longas peripécias, lograram voltar às terras de Europa, onde se separaram. Rumou Diogo para Espanha, onde vivia sua mãe em retiro, por castigo, num mosteiro, e seu amigo para França, mantendo-se ambos, porém, ligados por indissolúvel laço de fraternidade e pelas cartas que trocavam quando houvesse correio para levá-las. E assim, um dia, estando Diogo já no Brasil, ainda em Pernambuco, a caminho do engenho de seus parentes nesta terra de enganos, onde os brancos portugueses tornam-se quem eles próprios disserem que são — e sua condição de bastardo não o impediria de apresentar-se como fidalgo —, recebeu uma carta, escrita um ano antes por seu amigo francês, a comunicar-lhe que se encontrava, ele também, em terras de América, numa possessão francesa junto ao extremo norte do Brasil, chamada Guiana, onde Diogo deveria ir encontrá-lo na morada que lhe indicava, atravessando sertões e selvas por mais difícil e longo que fosse o caminho, pois tinha algo de extremamente precioso para dar-lhe em retribuição à sua própria vida salva por ele.

Nosso sedutor teria, então, durante mais de um ano, com sua viola às costas, atravessado milhares de léguas de terras desérticas ou selvas impenetráveis, sobrevivendo do serviço de conduzir manadas de gado, quando encontrava quem o engajasse, alimentando-se apenas de carne-seca, farinha feita da mandioca e pedaços de açúcar mascavo pelos caminhos das terras áridas, ou de frutos silvestres e caça ao atravessar sozinho infindáveis selvas, armado apenas com um punhal, uma espada e um arco com flechas que lhe deram uns gentios em troca de um copo de metal, por dias e dias a tremer e delirar, atacado por febres terçãs que o deixavam extremamente enfraquecido. Como por milagre, prosseguiu até chegar à capitania do Grão-Pará, a uma vila de nome Vigia, à margem de um curso d'água chamado Furo da Laura, nome tão curioso que nunca o esqueci, e cercado de Tobajaras. Ali, incapaz de prosseguir, por tão fraco e doente, depois de dias de abandono, vivendo sob o portal da igreja a tocar sua viola para pedir esmolas, aproximou-se de um poderoso explorador de rios e caminhos a serviço da Coroa e sesmeiro naquele lugar, um certo Francisco de Melo Palheta.

Tal senhor, num dia de missa, nas proximidades da igreja da vila, viu-o, embora ainda esquálido e doente, apenas com a espada e o punhal combater e vencer sozinho de uma só vez três malfeitores emboscados em uma esquina para assaltar os fiéis que acorriam à oração. Informado então de sua condição de fidalgo e corajoso navegador, engajou-o para adestrar seus homens de armas e melhor proteger suas vastas sesmarias.

Tudo isso nos contava esse perverso com detalhes e floreios, em sua voz macia e bela, para mais comover-nos e dominar-nos com seus embustes. Blandina bebia como água do céu tudo o que, para impressionar-nos, ele inventava. Até eu mesma, bem mais resistente e desconfiada do que ela, queria crer que era tudo verdade porque me traía o desejo de que assim fosse. Percebendo-o, ele mais e mais se aprimorava na sua arte de embusteiro e nós mais nos deixávamos cativar sem perceber o abismo abrindo-se a nossos pés.

Dizia Diogo Lourenço ter permanecido na Vigia por mais de um ano, mas só muito lentamente se restabelecia para enfrentar sozinho os caminhos que o levariam a Caiena, ao encontro de seu amigo e da preciosa dádiva por ele prometida. Diogo afirmava por sua extrema fidalguia ter criado laços de confiança com Palheta, tornando-se dele mais amigo do que servidor, e assim decidiu revelar-lhe sua intenção e mostrou-lhe a carta do francês. O esperto Palheta já havia penetrado longe em entradas e bandeiras por rios e matas daqueles nortes, muito além das terras concedidas pelo Papa à Coroa portuguesa, metendo-se pelos domínios espanhóis, e deles trouxera outro fruto precioso chamado cacau, cujas sementes torradas e moídas produziam uma bebida também escura e fortificante, o chocolate, tornada deliciosa pela combinação com o açúcar das terras do Brasil, decerto mui conhecido de Vossa Majestade por ser mais um luxo privado dos cortesãos de Europa.

Embora colhesse em suas terras grande quantidade de sementes de cacau e as vendesse para Lisboa, Palheta tinha ambições de tornar-se o mais rico dos senhores daquelas terras e já ouvira rumores sobre a existência de outra bebida assim produzida, o café, do mesmo modo valendo ouro, que se podia encontrar pelas terras dos franceses e holandeses mais ao norte. A carta do amigo de Diogo, a prometer algo precioso, atiçou-lhe o sonho e a ambição e propôs ao bastardo de Távora acompanhá-lo e ceder-lhe seus meios e homens, em troca de dividirem a recompensa se fosse verdadeiramente valiosa.

Usando de sua patente de sargento-mor, Palheta obteve do governador do estado do Maranhão uma carta fazendo-o enviado oficial para tratar com o governo dos franceses uma enredada questão de fronteiras. E assim foram e lá chegaram com foros de embaixadores, como tal recebidos em palácio.

Já não encontraram o francês amigo de Diogo, mas no primeiro jantar que lhes ofereceu o governante da Guiana confirmou-se a suspeita de que, sim, ali havia o tal café. Experimentaram o efeito estimulante da amarga bebida sendo logo avisados, porém, da rigorosa proibição do Rei de França de que se permitisse um só grão do café em mãos de gente do Brasil. Embora fossem, Palheta e Diogo, bem acolhidos nos salões, bastava deixarem-nos para notar a estrita vigilância sobre cada um de seus passos, de modo a sequer poderem aproximar-se nem dos grãos nem das plantas do café. Diogo, então, pelo bem de Vossas colônias e de Vosso reino, como nos fez crer, sacrificou-se para obtê-los, cantando noites à porfia, com sua voz de veludo, quase sem nunca dormir, debaixo das janelas dos aposentos da Madame mulher do governador, até seduzi-la, penetrar por meios escusos nesses aposentos e fazer ali, por fingimento mas com boas intenções, afirmava, as ações de um apaixonado que não hesitava, por seu imenso amor a ela, em correr grandes riscos sem lhe importar nem mesmo o perigo de morrer. Com fábulas e enganos, gabava-se ele, acabara por obter da mulher, como penhor de seu amor por ele e em troca de seus favores e canções, os preciosos grãos e mudas da planta escondidos numa enorme cesta de flores. Assim a vencera e conseguira dela uma importante quantidade dessas preciosas sementes e mudas de café, que repartiu com Palheta conforme o combinado, deixando a Palheta a glória por tê-las conseguido, contentando-se ele, Diogo, apenas com sua carga dessas sementes que conservava ainda, em busca de terras suas e apropriadas para fazê-las germinar e produzir a riqueza que o faria grande senhor, como merecia ser por seu nascimento.

Hoje tal lembrança quase me leva ao riso, Majestade, tendo eu descoberto — a ouvir conversas no parlatório do convento do Desterro enquanto servia doces, chás ou até mesmo o café trazido como mimo pelos senhores que ali vinham dizer gracejos às monjas — ser verdadeira, ou lenda, talvez, a aventura de Palheta para roubar o café, sendo ele próprio, porém, o sedutor da francesa, e a história acontecida num tempo em que Diogo Lourenço, apenas cerca de doze anos mais velho que Blandina e eu, sequer era já um homem, apenas um menino por certo, sem ter ainda perdido todos os seus dentes de leite. Tudo mentira os feitos de que se gabava, como é cabal nesse caso, e por certo tudo o mais que nos contou pela vida afora, embora até hoje por vezes eu delire e deseje que houvesse algo de verdade nele.

Queria ele, com todos esses mentirosos contos, demonstrar-nos seu amor, a ponto de torrar e moer para nos oferecer o que anunciava como uma verdadeira fortuna! E nós, bem mais que qualquer Madame francesa, éramos então as vítimas perfeitas para o enganador, nós, de todo ignorantes de muitas das maldades desse mundo, alteradas em nossas entranhas pelas transformações que aí se davam desde que — primeiro eu e, quase um ano depois, Blandina — começáramos, a cada volta da lua, a sofrer incômodos que nos explicaram ser o castigo das mulheres por sermos, como havia sido Eva para Adão, a tentação do pecado para os homens, e que só cessaria quando estivéssemos prenhes ou amamentando novos cristãos para o engrandecimento do Reino de Deus e de sua Igreja.

A mim a fábula agradou mais do que o sabor do café, mas Blandina dizia que lhe fazia bem e o apreciava, de modo que o sedutor continuou a repetir quase todas as tardes a mesma manobra, muitas vezes cantando com sua viola enquanto a água fervia e coava-se pelo saco contendo o pó. Eu por momentos me afastava, distraída a buscar alguma flor ou passarinho, mas Blandina lá ficava à espera do café que dizia agradar-lhe e tornar-se cada dia mais doce ao seu paladar. Hoje penso que o enganador, à socapa, ia acrescentando pouco a pouco doses de açúcar à bebida amarga, para habituar Blandina, com intenções que só muito mais tarde pude perceber.

Blandina já não se vestia com trajes de salão, pois lhe dissera Diogo que muito mais bela a via com as simples e leves batas de algodão e rendas. Assim, voltávamos à reza e à casa sempre no último momento e menos aflitas, trazendo flores para depor aos pés da santa, sem levantar suspeitas de ninguém.

Ao recolher-nos para dormir, porém, minha querida irmã já não adormecia antes de mim, como de costume quando eu, sentindo-me responsável por seu bem-estar, esperava ouvi-la ressonar para então embalar meu próprio sono. Gemia e suspirava ela, ouvia eu rangerem as palhas de seu colchão quando se movia inquieta de um lado para o outro, até que o cansaço me vencesse e eu me entregasse ao sono antes dela. Blandina podia, se quisesse, permanecer no leito até horas de sol alto, mas de mim se exigia que logo ao nascer do dia me apresentasse à cozinha, a preparar as bandejas para a primeira refeição das sinhazinhas, escolher as roupas limpas e as toalhas para seu asseio, aprender os afazeres de aia a que me destinavam. Uma noite maldormida deixava-me exausta pelo dia inteiro e então, vendo que a minha Blandina não voltaria tão cedo a ser a dócil menina que fora e não me deixaria dormir em paz, passei a tomar todas as noites uma forte infusão de capim-santo, melissa e outras ervas que acalmavam e faziam mais pesado meu sono. Uma que outra vez, pela manhã, lembrava-me de ter sonhado com o ranger de janelas a abrirem-se e com vultos a saltarem por elas, mas me vinham misturados a outras imagens e não lhes percebi nenhum sentido, até que fosse tarde demais.

Assim, por meses, todas as tardes corríamos para os lados do açude, eu atrás de Blandina, mesmo que aquele dia por mim preferisse passear para outra direção. Não tínhamos mais a companhia obrigatória de Eliseu Miúdo, agora designado para pajem permanente na casa-grande do engenho a apagar, acender e limpar velas e candeeiros, pratas e louças, e abanar a Sinhá quando o convocavam. Ninguém mais se ocupava de nós, depois das lições matinais do padre-mestre, às quais Blandina se tornara ainda mais alheia, desde finda a refeição do meio-dia até que tocasse o sino para as ave-marias. Nunca sabíamos ao certo se lá encontraríamos Diogo Lourenço.

Por vezes ele desaparecia e só depois de semanas ressurgia, aludindo vagamente a obrigações que tinha para com seu primo de Távora, sem dar-nos nunca aviso nem explicação, e punha-se a cantar e a contar mais enredos nos quais era ele sempre o príncipe encantado, o herói, o sacrificado, o mais valoroso e modesto, um verdadeiro santo a serviço de Vossa Majestade e do Reino de Deus, dando imensas voltas ao mundo todo, em perigos e guerras esforçado mais do que prometia a força humana, como dissera Luís de Camões, percorrendo mares e oceanos, as terras desérticas dos mouros, correndo das selvas de África aos rios sagrados das Índias, de lá às ilhas de mais além, à China, às Rússias, às terras geladas do Ártico, aos cumes dos Andes, tantas aventuras que nem se tivesse dez vidas nelas caberiam! E nós, tontas pela vertigem do presente, incapazes de fazer contas de tempos e imaginar distâncias nem calendários, a tudo ouvíamos encantadas, Blandina muito mais inteiramente conquistada do que eu, sabedora, no fundo de mim mesma, que amá-lo só desventuras me traria. Pudesse eu ser mais sábia naquele tempo e capaz de adivinhar que aquele, que vivia a mentir sobre as inúmeras vidas que salvara, haveria de pôr nossas vidas a perder!

Não tardou muito para que os primeiros sinais de perdição a despertassem do ilusório sonho, durante uma das desaparições de Diogo, a pretexto de uma viagem que devia fazer à capitania de São Vicente, segundo dizia para cumprir importante missão. Como de tudo me encarregava eu a serviço de Blandina, percebi, em certa lua, que os incômodos de mulher, a chegar-lhe de costume por aquela fase, não se apresentavam e por primeiro pensei ser apenas um pequeno atraso como outras vezes lhe acontecera ou a mim, causado quiçá pela saudade do amado. Passada, porém, aquela fase da Lua e mais outra, fui-me aconselhar com Engrácia, que então tudo me revelou da maneira mais crua: que prenhe estava a Sinhazinha e como isso acontecia entre os humanos do mesmo modo que víamos acontecer entre os bichos quando uma fêmea era montada por um macho. Adoeci de aflição, e talvez de ciúmes, pois na mesma hora soube quem era o culpado e compreendi o sentido, que me havia antes escapado, dos rangidos e vultos noturnos na janela, tomados por sonhos, da sonolência que agora prendia Blandina ao leito até o meio-dia, a ponto de recusar-se cabalmente às lições com o padre-mestre, e da maior dificuldade que eu havia sentido em apertar-lhe o espartilho, poucos dias antes, para comparecer a uma festa na igreja da vila mais próxima. Por dias e dias sofri de imensas dores de cabeça e náuseas, sem poder suportar a luz do Sol, presa ao leito no quarto escuro por licença da serva que administrava a casa-grande e desesperada pela desgraça que pressentia para Blandina, e eu, sem saber o que fizesse para salvá-la. Ao fim de uma semana, curei-me com as mezinhas de Engrácia, única sabedora de meu terrível segredo, e com uma ideia, ao mesmo tempo salvadora e pecaminosa, a ocupar-me o espírito.

    Consultei, então, outra escrava, que de nada suspeitava, pois passava os dias, desde o nascer do sol, a alimpar o mato entre as fileiras de cana, bem longe da casa-grande e do açude, voltando à senzala, esmorecida, quando já o sol se punha. Era respeitada como a melhor benzedeira daqueles arredores, conhecedora das ervas e seus efeitos, de rezas, palavras mágicas e feitiços que podiam curar ou matar. Esperei por ela na senzala, e lhe pedi que me ajudasse a expelir um filho indesejado, fazendo-a crer que a desvirginada era eu, prometendo dar-lhe em troca uma fina pulseirinha de ouro que me dera Blandina. Saiu ela, então, naquela mesma noite, pelos matos, às escondidas do feitor, para procurar por ervas que me pudessem acudir e deu-me na noite seguinte uma grande braçada delas, instruindo-me para prepará-las em infusões a beber e emplastos a aplicar sobre o ventre e as partes pudendas, a ver se ainda podiam deter o infortúnio que ali se gerava.

Tentei, com todas as minhas forças e astúcias, seguir os conselhos da benzedeira, minha única esperança, mas não era fácil fazer com que Blandina, agora mais caprichosa e cheia de melindres, tomasse a horas certas os chás que eu lhe oferecia. Cuspia-os por amargos, e eu, para não a assustar nem a fazer sofrer as aflições pelas quais passava eu, nada lhe quis explicar do perigo que corria e de que ela, ignorante como fora eu até havia pouco tempo, me parecia de nada desconfiar.

    Quando ela adormecia eu de tudo fazia para aplicar-lhe os emplastos de folhas, mas raramente o lograva, pois assim que a tocava punha-se agitada, gemia, virava-se no leito e as folhas se espalhavam. As semanas passavam e eu já podia perceber que seu ventre se estufava e seu corpo todo engordava. Não pude salvá-la e, além de mim mesma e de Engrácia, as demais escravas e servas da casa percebiam sua transformação e murmuravam pelos cantos. Já não era possível vesti-la com seus trajes de festa e Blandina passou a queixar-se, e não pude mais esconder-lhe o que de fato lhe acontecera, e só com os argumentos de Engrácia para confirmá-lo foi que ela se convenceu, trancando-se desde então no seu quarto de cama, expulsando-me dali e só entreabrindo a porta para receber as refeições que exigia cada vez mais numerosas e fartas. Assim foi até o dia em que surgiu no Engenho Paraíso um estafeta a cavalo, trazendo uma carta para Blandina, insistindo em que só tinha ordens para entregá-la nas próprias mãos dela. Eu, naquele momento a fazer minha sesta na senzala, onde havia pendurado minha rede desde que a Sinhazinha me expulsara de seu quarto, de nada soube. A escrava que o recebeu foi chamar Blandina. Em grande agitação, por certo de esperança, ela então deixou seu retiro, correu a atendê-lo e logo me mandou chamar.

    Acudi prontamente ao seu quarto, encontrei-a corada, em grande aflição, a tentar vestir-se com sua mais bela bata rendada que já não lhe servia. Estendeu-me, entre lágrimas e soluços, a carta recebida, assinada por Diogo Lourenço, a pedir-lhe que o fosse encontrar de imediato, pois estava à sua espera à margem do açude. Não houve palavras nem gestos meus capazes de acalmá-la e dissuadi-la e, por mais que eu argumentasse, tornava-se cada vez mais desesperada, rasgando suas vestes, uma após a outra, na tentativa de fazer seu corpo entrar onde já não mais cabia, e eu temia que saísse inteiramente nua a correr pelos campos. Para que seus gritos não alertassem a Sinhá e toda a gente do engenho, prometi-lhe trazer logo algo que pudesse vestir e corri a pedir que Engrácia me conseguisse uma veste de uma das escravas mais gordas. Ela então correu à senzala e de lá trouxe uma bela e larga bata, como a muito custo produzem as negras em segredo para trajar-se dignamente em seus festejos e batuques nos dias de festa de seus santos preferidos. Sabia eu quão grande prova de amor e bondade era ceder cousa tão preciosa à filha do senhor que as escravizava e lhes esgotava a vida sem piedade! Consolei-me dizendo que Deus estava a ver o bem que elas faziam e lhes haveria de retribuir em dobro!

Ajudei Blandina a banhar-se, perfumar-se, refazer as tranças de seus cabelos e vestir-se, notando, porém, que agora em quase nada se parecia à encantadora donzela que fora nos tempos de ~~nosso~~ seu enamoramento pelo malvado bastardo. Nada mais estava ao meu alcance para ajudá-la senão acompanhá-la e ampará-la em sua arfante e difícil jornada pelos matos ao encontro dele, a quem eu já então odiava com paixão, mas, confesso, também ansiava por encontrar e tratava de convencer-me de que o desejo que me assaltava era de vingança, apenas vingança.

Quando por fim já podíamos divisar as águas, estaquei antes da beira do açude e deixei que Blandina seguisse sozinha ao encontro do homem que lá estava, vestido apenas com seus calções.

Fiquei parada a mirá-la, com seu andar titubeante e pesado, o vulto volumoso como eu nunca havia visto nem imaginado, folhas secas e gravetos pegados à barra da grande bata que lhe servia em largura, mas lhe sobrava em comprimento, e senti tanta mágoa que me correram lágrimas como lhe corriam a ela de tola alegria. Como uma criança que age por puro sentimento, ela se atirou a ele de braços abertos, com tal impulso que o vi cambalear e temi que tombassem ambos nas águas do açude. Custei a despertar de um estado como de torpor, causado pela imensa tristeza que me dava contemplá-la assim desfigurada, e correr para junto dela pensando em salvá-la. Não havia mais salvação, porém, para minha irmã. Ao aproximar-me o bastante para ouvir o que diziam sem fazer caso de minha presença, chegou-me aos ouvidos o fim da frase pronunciada por Diogo, que me revelou de imediato qual o fito com o qual se tinha esforçado por nos encantar para então partir e deixar passar tantos meses antes de reaparecer: "... não poderá se opor ao nosso matrimônio que se tornou agora uma questão de honra!".

    Tentei chamar a atenção de Blandina para preveni-la do perigo de cair mais uma vez nas armadilhas do sedutor, mas ou não me saía a voz, embargada por um enredo de sentimentos, ou ela já estava totalmente dominada por ele e seus embustes e alheia a todo o resto do mundo. Exausta, deixei-me quase cair sobre a laje de pedra ali junto e lá fiquei sentada a ouvir as palavras que trocavam como se do fundo de um poço me chegassem, ou como se estivesse eu nesse fundo escuro. Pouco a pouco me voltava a razão e eu soube que, mesmo se aquele falso fidalgo se apresentasse para pedir a mão de Blandina, jamais a teria, pois o pai dela tinha planos muito mais ambiciosos para sua primeira herdeira, certamente teria pressa em realizá-los, e já a teria prometido a algum outro. Se, ao voltar de sua longa viagem ao Reino, seu pai encontrasse a verdade do que lhe acontecera, seria até capaz de matá-la, temia eu, de tão comum é aqui resolverem-se quaisquer questões puxando-se da espada, do facão, da garrucha, da pistola ou de um arco e flechas como os dos gentios. O bastardo decerto se salvaria, sendo ele tão experto em tramoias de toda sorte, mas a pobre e tola Blandina e eu, junto com ela, estaríamos perdidas!

    Nem vi mais passar o tempo nem tomei tento das juras de amor que trocavam, assim como eles ignoravam minha presença, meu pensamento se enrodilhava a buscar salvação para minha Sinhazinha, de cuja desgraça me sentia mais culpada do que ela por ser eu mais velha e mais sapiente.

    Nem vi que já caía o sol e escurecia tudo à nossa volta, como havia muito se escurecera minh'alma. Quando, num susto, senti Blandina sacudir-me e gritar meu nome, já tinha bem tramado em minha cabeça o único caminho que me parecia possível para salvá-la da ira paterna. Desde que se fora o patrão, naquela casa já ninguém fazia caso de nós. Dona Victória não deixava o leito, e sua vigilante aia de confiança abandonava os aposentos dos senhores, situados em outra ala da imensa casa-grande, bem distantes dos nossos, só para dar ordens à cozinha. Deixavam-nos aos cuidados de Engrácia e do distraído padre-mestre, conformado com a desaparição de Blandina e ocupado em domar as duas filhas mais pequenas da casa-grande, ensinar-me tudo o que podia e cuidar da própria família.

Fácil me parecia ir até à Sinhá, que com tudo concordava desde que a deixassem em paz com suas dores e suspiros, dizer-lhe que Blandina se encontrava doente e maldisposta por causa do calor úmido daquelas terras e pedir-lhe que nos cedesse um pequeno grupo de escravos e Engrácia para acompanhar-nos até os currais que o senhor Mendes de Castro possuía em terras altas dos sertões, mais frescas e secas, muito melhores para a saúde, como bem o sabe toda a gente. Ali podíamos passar algum tempo bem guardadas e servidas por Engrácia e pelas mulheres dos tropeiros e vaqueiros que serviam na fazenda, resguardadas na boa casa-grande sertaneja até que Blandina recobrasse a saúde, a boa disposição e boas cores. Escondidas esperaríamos que nascesse a criança, que não tardaria mais quatro meses, com ajuda das boas parteiras da região e da própria Engrácia, experiente nesse ofício. Se o rebento escapasse com vida, eu o tomaria e o apresentaria como meu, cabendo-me a mim, e não à Sinhazinha, a perda da honra, já que sendo eu pobre e sem família a tinha tão pouca que de somenos seria essa pena e quase nada mudaria no destino que me esperava.

Muito mais custosa do que a ida ao lago foi nossa volta à casa-grande. Parecia infindável o caminho, Blandina, exaurida em suas forças, em estado de delírio amoroso, quase arrastada por mim, a repetir entre lágrimas e risos que o vizinho senhor de Távora, primo de Diogo Lourenço, viria com toda a pompa pedir sua mão para o bastardo, tão pronto soubesse da volta de seu pai, e que sendo a família Távora de muito mais alta nobreza que a sua própria, não se poderia recusar-lhe tal pedido, e assim seriam felizes para sempre como nos contos de fadas.

A falar, agitar os braços, chorar e rir sem cessar, minha irmã perdia as forças, a noite caiu por completo e tropeçávamos nas raízes, arbustos e pedras do caminho, indo ao chão muitas vezes, chegando finalmente próximo à casa tão tarde, tão cansadas e sujas que pensávamos entrar à socapa pela janela de Blandina, lavar-nos como pudéssemos e fazer crer que nunca havíamos abandonado aquele quarto, deixando, para isso, até mesmo de buscar o que comer.

Era tarde demais! A casa estava cercada por homens armados e portando grandes lanternas, entre eles Engrácia aflita torcendo as mãos, e o próprio senhor do engenho em pessoa, com aspecto furioso e amedrontador, parado na varanda em frente à porta da entrada principal. Não tínhamos mais forças para fugir nem para onde ir. Fomos as duas agarradas e levadas como condenadas para o pé da escadaria por onde descia o senhor trazendo na mão um látego com o qual nos açoitou sem piedade tão pronto tomou ciência do estado de sua filha cujo bucho crescido era impossível esconder. Eu pude suportar o castigo sem perder a consciência, mas Blandina esvaneceu-se ao primeiro golpe sem que por isso o pai cessasse de bater-lhe, como se quisesse fazer com que expulsasse de suas entranhas o filho espúrio. Fomos então, eu empurrada e Blandina carregada pelos homens, e ambas trancadas num porão escuro e infecto, onde passei a noite a debater-me contra insetos, ratazanas e outros bichos imundos enquanto minha companheira permaneceu desmaiada. Ao nascer do dia, que mal se percebia pela pequena abertura gradeada do buraco em que nos tinham encerrado, nos arrancaram dali, a pobre Blandina já desperta mas pálida, quase transparente, como um fantasma sem voz nem vontade, deram-nos a comer apenas uma gamela de um pão de milho, que aqui chamam cuscuz, umedecido com um pouco de leite por artes de Engrácia, e nos puseram amarradas sobre um carro puxado por duas juntas de bois e abarrotado de cestos que não sabíamos o que continham. Para nosso pequeno consolo, conosco ia, sem amarras, a bondosa Engrácia. Escoltava-nos um grupo de homens do senhor, fortemente armados com garruchas e facões. Por um dia e uma noite e mais uma manhã viajamos, atadas ao carro, quase sem comer e dependendo das rápidas paradas da lúgubre comitiva junto a algum regato ou nascente que houvesse pelo caminho para beberem eles, encherem seus cantis e darem de beber a suas bestas, e para que a escrava conseguisse matar-nos a sede, indo e vindo com sua pequena cuia, e com frutas silvestres nos pudesse amainar a fome. Nem para chorar e lamentar-nos ou implorar piedade daqueles esbirros tínhamos forças. Íamos caladas a tremer e por vezes a rezar como quem vai ao patíbulo. Chegamos, finalmente, perto do meio-dia, esgotadas e sentindo-nos perdidas, à mesma fazenda onde eu imaginara que nos poderíamos esconder e salvar, mas agora prisioneiras, e ali por meses sofremos paixão e quase morte da Sinhazinha quando chegou sua hora.

A cada mês mandavam vir ao sertão, para buscar notícias e trazer as estritas ordens do senhor, o nosso Eliseu Miúdo, agora já não mais pequeno e sim cada vez mais alto e magro, mas forte e disposto para a longa cavalgada, e ao menos à sua mãe Engrácia dava consolo.

Hesito, por vergonha e remorso, mas como prometi contar-Vos tudo, até mesmo meus pecados, confesso que muitas vezes pedi a Deus e a todos os Santos e Anjos que levassem para junto deles aquela criança tão logo nascesse. Chegada a hora, porém, graças ao saber de Engrácia e das curandeiras sertanejas, escaparam da morte Blandina e seu filho, a quem, teimosamente e ainda cheia de tolas ilusões, a mãe quis dar o nome de Diogo Lourenço como o do pai de quem não tínhamos mais notícia alguma, embora minha pobre companheira sonhasse todas as noites que ele chegava como um cavaleiro andante para resgatá-la e ao filhote, tanto enquanto ainda por nascer como quando já nascido mas ainda pagão, pois nem a graça do batismo permitira o patrão que se lhe obtivesse para que ninguém descobrisse a desonra a atingir sua casa e seu nome. Sua primogênita já nada mais valia para ele, para seu orgulho e seus negócios. ~~Assim são, de fato, Senhora, quase todos os homens aos quais Vós pensais ter entregue a salvação das almas dos indígenas e dos africanos, mas antes lhes causam horror por sua religião que não lhes esconde a impiedade de fazerem de suas tristes vidas cativas um verdadeiro inferno, apesar das igrejas e capelas erigidas por suas confrarias, revestidas de ouro e perfumadas de incensos raros.~~

Três dias após o parto, quando já o menino sugava com força o seio da boa e forte cabocla que o aleitava, dividindo com ele o alimento destinado a sua própria cria, veio Eliseu Miúdo e, mal desmontou, saudou a mãe, se desalterou e alimentou, seguindo as ordens recebidas voltou a galope para o engenho com a infausta notícia de que o pequeno bastardo de um bastardo sobrevivera.

Na semana seguinte, ouvimos de longe seu tropel e seus chamados. Eis que voltava, dessa vez conduzindo uma pequena carroça com a arca em que se guardavam os trajes de gala de Blandina, com seus espartilhos, anáguas, coletes, veludos, xailes e vestidos muito acinturados. À simples vista daquela bagagem de pronto compreendemos a mensagem: a Sinhazinha só poderia voltar à casa da família quando outra vez coubesse naquelas vestes. Sobre seu filho, porém, nenhuma palavra. Enquanto Engrácia e as caboclas sertanejas se ocupavam de mãe e filho, eu tentava arrancar de Eliseu Miúdo o máximo que podia de indícios das intenções do patrão sobre o destino que lhes daria. Era quase nada o que me podia dizer, pois já não servia mais como pajem na casa-grande, mas sim como mensageiro de confiança do senhor para seus muitos negócios, vivendo agora a cavalgar sem cessar entre engenhos, arraiais, vilas, fazendas do sertão e a cidade de Salvador, a mando do seu senhor, com bons cavalos para que não tardasse muito e com elegante libré para fazer jus à nobreza de seu patrão. Era Eliseu pouco propenso à revolta ou à fuga, nascido e criado sem muitos maus-tratos e com alguns mínimos privilégios na casa-grande, se comparada sua vida com a dos trabalhadores que suavam de sol a sol no corte, na limpa, no plantio e no carrego da cana e na faina de alimentar as moendas do próprio engenho, frequentemente a morder-lhes mãos e braços que os feitores corriam a decepar com uma foice para que a moenda não mastigasse e engolisse o homem inteiro, esgotados de trabalho, açoitados quando o cansaço os fazia esmorecer e alimentados com o suficiente apenas para que se levantassem no dia seguinte, por medo do chicote do feitor.

Eu, cheia de angústia e sem sequer livros para dentro dos quais pudesse fugir, cansava-me de rezar e punha-me a pensar em como, de maneira caridosa, salvar o pobre inocente. Voltou-me então à lembrança o plano imaginado por mim antes de que caíssemos nas garras do impiedoso pai de Blandina. Parte dele ainda se poderia pôr em prática, bastava que eu convencesse a gente dali, Engrácia e Eliseu Miúdo a espalharem a notícia de que eu, desajuizada, me tinha deixado emprenhar por um qualquer desconhecido e havia parido uma criança, tomando-se então como meu o filho da Sinhazinha, figurando ela como a boa moça que amparava sua amiga de infância, permitindo que continuássemos a viver, como dantes, em sua companhia e a seu serviço. Parecia-me bom o plano e acreditei que assim poderíamos conseguir que Blandina reconquistasse seu lugar e seguisse sua inevitável sorte de penhor de alianças senhoriais, junto à gente de sua classe, enquanto eu e seu filho natural criado como meu seguiríamos, sob sua proteção, nosso destino de ralé. Acalmei-me com essa decisão. Tínhamos tempo, pois tardaria muito o momento em que Blandina novamente se pudesse vestir com seus trajes de donzela e mais ainda, talvez, que recobrasse a razão, esquecesse Diogo Lourenço ou se convencesse de que ele a abandonara e, livre de seus ilusórios delírios, fosse capaz de comportar-se como a bela e nobre herdeira casadoira que queria seu pai. Nada indicava que Eliseu Miúdo ou outro enviado do engenho voltasse a nos visitar tão cedo.

 Apenas a Engrácia falei de meu plano, ao que ela, em silêncio, assentiu com a cabeça mas com um muxoxo de dúvida, vendo-lhe eu alevantarem-se suas sobrancelhas e descaírem-se os cantos da boca. Tão convencida estava eu da justeza e espertza de meu engendro que não duvidei por um instante de que ela me ajudaria a realizá-lo. Passei a tentar familiarizar-me com aquele, agora, em minha imaginação, meu filho. Ia buscá-lo da rede em que o deixavam, na palhoça de sua mãe de leite, pois vivia a berrar e ela tinha de logo acorrer com seu peito para o sossegar. Desajeitadamente eu o colhia em meus braços como via fazerem tão naturalmente as verdadeiras mães, mas ele parecia não me reconhecer como tal, ou talvez sentisse em mim a mistura de dó e repulsa que me causava por não poder eu esquecer sua história nem me haver a natureza, por nove longos meses, preparado para aquele mister. Punha-se logo a berrar e a espernear o curumim, no dizer de sua ama, e eu, com a impressão de ter nos braços um estranho animalzinho silvestre, corria a largá-lo de novo na rede. Havia tempo, porém, repetia eu para mim mesma. E todos os dias recomeçava com minhas tentativas de aprender gestos e sentimentos maternais, sem porém perceber grandes progressos e só prosseguia porque estava convencida de ser aquela uma questão de vida ou morte.

 Crendo haver resolvido o dilema, distraía-me ouvindo os melancólicos e belos cantos dos vaqueiros, à aurora e ao ocaso, a tanger o gado para levá-lo a pastar ou recolhê-los aos currais. Com meu gosto pela música e as tentativas do padre-mestre, por ordem de Dona Victória, de fazer Blandina tocar algumas peças ao piano, como se espera de qualquer fidalga digna de seu título, acabei eu por dominar o teclado e suas escalas, podendo ali reproduzir a contento qualquer melodia que tivesse na memória. Muitas horas passei eu ao piano, no engenho, para fazer crer à Sinhá, a ouvi-lo de outro cômodo da casa, que era sua filha que o fazia. Na casa-grande da fazenda sertaneja não havia piano, que ali de nada serviria, mas não faltava a música, preferindo os homens instrumentos simples e leves, por eles mesmos fabricados, que pudessem levar facilmente às costas em suas cavalgadas pelas caatingas e várzeas atrás das reses tresmalhadas. Encantei-me com suas rabecas e pequenas violas, pífanos e foles, tratava de aprender a tocá-los também eu.

 Três meses se passaram sem mais notícias do Engenho Paraíso. Aos poucos aprendia eu a embalar e lidar com meu suposto filho e ele próprio enfim parecia acostumar-se ao meu colo, já não se apavorava quando o tomava nos braços. Blandina, atendida dia e noite por Engrácia e outras mulheres sábias, havia passado de seu estado de agitação delirante para uma quietude lânguida e melancólica, sua enorme fome arrefeceu e voltou a ser a menina enfastiada de antes, seu corpo perdia volume e retomava a forma, de modo que acreditávamos todas bastarem mais algumas semanas para poder vesti-la com espartilho, veludos e seda, restaurando-lhe a aparência de ingênua e resguardada filha do senhor fidalgo cuja mão seria certamente cobiçada por muitos moços ricos, podendo seu pai negociá-la a seu alvitre. Dócil como agora estava, aceitava facilmente que a transportassem todas as manhãs para uma rede estendida entre duas alfarrobeiras plantadas junto à varanda da casa, a cobri-la o dia todo como renda balouçante de sombra e sol, fazendo-a ganhar alguma cor e perder aquela palidez de alabastro dos meses trancada em quarto escuro.

 Tolas, acreditávamos naquela falsa tranquilidade, supondo afastados nossos infortúnios. Eles, todavia, nos aguardavam logo após a primeira colina diante da casa e de repente dali surgiram na pessoa do capitão do mato do senhor de Castro, acompanhado de mais três de seus homens, em louca cavalgada. Pediram apenas água e perguntaram pelo menino. Eu, então, devolvi-lhes a questão, indagando se era de meu filho que falavam. Nada mais disseram e prossegui afirmando que o único menino que ali vivia era meu filho e estava muito bem em casa de sua mãe de leite, apontando vagamente na direção dos casebres dos moradores da fazenda. Eles logo saltaram sobre as selas, mudos, e para lá dispararam fustigando suas montarias. Engrácia e eu pusemo-nos a correr-lhes atrás, aos trambolhões sem ver as pedras e tocos, com os olhos fixos nos cavaleiros já desmontados, mas não os pudemos alcançar antes de sair um deles d'entre as palhoças, trazendo num braço um vulto envolto em panos, saltar de novo sobre a sela, tomar da rédea com uma só mão e um grito de alerta aos demais. Dispararam de imediato todos eles a galope e logo desapareceram de nossas vistas carregando a prova viva do pecado que nos malfadara.

Voltamos, assombradas, para junto da rede de Blandina, placidamente adormecida sem de nada se ter dado conta. De fato, havia muito, Blandina, mergulhada em seu torpor, parecia ter-se esquecido da criança, nunca mais nos perguntou por ela e, por fim, nem mais em sonhos pronunciava o nome Diogo Lourenço, fosse o pai ou o filho. Nada mais podíamos fazer, e naquela tarde se resolvera, embora de maneira cruel, o nosso problema. Eu, no entanto, naquela hora senti como uma dor no peito a denunciar algum amor já brotado em mim para com a pobre criaturinha levada sabe Deus para onde. Não nos restava senão esperar pelas surpresas futuras, sem poder imaginar que outras manobras planejava o senhor do engenho.

Em pouco mais de um mês experimentamos e pudemos apertar o espartilho de Blandina para enfiar-lhe a roupagem de gala, ela deixando-se manejar como uma boneca sem vontade própria. Seu aspecto em pouco se distinguia do de antes, à parte a pele mais morena como a têm todos naqueles sertões. Havia apenas que esperar, pois nada podíamos por nós mesmas, como bem sabeis, Senhora, ~~nós que não somos rainhas nem astuciosas damas de Vossa Corte.~~

Enfim, passadas algumas semanas, apareceu-nos Eliseu Miúdo a buscar notícias, entreteve-se quase toda uma noite em cochichos com sua mãe, partindo na madrugada seguinte para voltar dez dias depois trazendo o mesmo carro puxado por duas juntas de bois. Desde sua última visita, pusera-se Engrácia a acomodar nossos trastes nos mesmos balaios vindos conosco para o exílio, e eu sabia já o significado de tais preparos, mesmo não me tendo ela nada dito. Não era necessário.

Juntei meus poucos pertences e dois dias depois carregamos o carro e a própria Blandina, a parecer inteiramente indiferente a tudo aquilo, e partimos ao primeiro sinal do amanhecer. Desta vez, prevenida muito antes, Engrácia se havia preparado para dar-nos de comer e beber, sem paradas ao longo do caminho, com várias cabaças de água fresca e de sumo de frutas escondidas nos seus balaios junto às panelas, envoltas em panos grosseiros, contendo grande fartura de suas paçocas de farinha da mandioca frita em manteiga, enriquecida com carne-seca desfiada e feijões guandu, ou de amendoins pilados com mascavo e algum sal, e ainda doces feitos do fruto dos coqueiros ralado e cozido com a rapadura mandada do engenho a cada ano para sustento dos vaqueiros. A volta do degredo foi, assim, mais rápida e mais tranquila do que a ida, tal como nos pareceu à chegada ao engenho bem antes de anunciar-se a alvorada.

Apenas algumas escravas da casa acorreram ao assovio de Eliseu Miúdo e ao ruído do carro e da cancela. Ajudaram-nos a descer e nos conduziram imediatamente ao antigo quarto de Blandina, onde mal percebi que se haviam retirado todos os adornos, até mesmo o dossel da cama dela, e que a janela se apresentava gradeada. Com pressa e desculpas, algumas com os olhos marejados, as negras nos ajudaram a lavar-nos e nos acomodaram, minha Sinhazinha na cama, eu numa rede a um canto dependurada, repetindo muitas vezes não poderem desobedecer às ordens do senhor, sob pena de serem açoitadas, e por fim trancaram-nos a chave lá dentro. Blandina parecia alheia a tudo, muda e imóvel nas sombras, e eu, exausta e sem ideia alguma do que mais nos poderia acontecer, permaneci longo tempo olhando a escuridão dentro e fora de mim e, por fim, adormeci.

Fomos despertas por fortes batidas na porta e em seguida o ruído da chave, quando o sol já descambava para oeste. Blandina mal se moveu, erguendo um pouco a cabeça da almofada, e eu assustada saltei de minha rede e nos deparamos com o senhor Dom Afonso e uma Dona Victória trêmula e desfeita, amparada por sua aia que a ajudou a sentar-se sobre a única arca restante naquele cômodo e retirou-se fechando a porta atrás de si.

Por um tempo que me pareceu sem fim, tivemos de enfrentar o olhar duro e frio do dono de tudo a nos mirar sem piscar, ora uma, a desonrada, ora a outra, a cúmplice da desonra, como para subjugar-nos inteiramente ao seu ilimitado poder. A Sinhá, parecendo extremamente mortificada, por sua vez não nos podia ver, mantendo abaixadas as pálpebras frementes de sob as quais escorriam vez por outra escassas lágrimas. Cri que o homem nos haveria de açoitar como aos cativos, mas não trazia vara nem relho nas mãos vazias. Parecia confiar no simples poder de seu olhar para submeter-nos. Sua filha não o pôde sustentar e logo esmoreceu, cerrando os olhos, imóvel quase como morta. Eu, sim, movida pela indignação e pelo ódio, fui capaz de insolentemente manter minhas vistas firmes nas suas, a medir forças com ele, até que desistiu de me intimidar e desviou os olhos para a direção de sua pobre esposa como para convocá-la a secundá-lo em grave decisão. Tive dó, muito dó da pobre Sinhá, vendo-a oscilar para a frente e para trás, prestes a cair, percebendo então o quanto ela, tanto ou mais do que nós, era sua prisioneira e vítima.

Finalmente, decerto pensando já nos ter amedrontado o bastante, pronunciou o tirano a sua sentença. Para Blandina nenhum caminho outro haveria senão o recolher-se como monja ao Convento do Desterro, ao qual seu pai já havia pago um alto dote para garantir-lhe uma vaga de véu preto digna da posição dele próprio. Em pouco tempo seria levada para lá, tão pronto tivesse completos os quinze anos de idade exigidos para tomar o hábito. Desde aquele momento, entretanto, viveria como enclausurada, para habituar-se ao silêncio e à oração contínua, e seu quarto por isso era agora uma cela nua, gradeada e fechada por fora.

Quanto a mim, a quem ele se referia como a filha de João Antônio da Estrela, citando a Serra de onde vinha meu Pai, que escolhesse se ali preferia estar encerrada ou voltar para a senzala. Falava-me já de costas a bater palmas na porta aberta para chamar a aia a recolher a pobre Dona Victória, por quem passei desde então a ter não mais desprezo, mas muita pena. Permaneci, não me movi nem protestei ao ouvir o ruído da chave trancando-nos, por causa de Blandina, a quem não podia abandonar naquele estado e não por temer a senzala onde comecei minha vida e seria mais livre.

Encerradas estivemos por meses, vendo a porta abrir-se apenas três vezes ao dia, para darem-nos as refeições e trazerem ou retirarem os vasos d'água para lavar-nos ou cheios de nossas imundícies. Nem Vos tenho o que contar sobre esse tempo, Senhora, pois sobre o nada não há mais palavras a dizer.

Enfim, veio a hora da partida para a cidade de São Salvador, Blandina completara os quinze anos de idade, à qual Vós mesma, Senhora, e eu já tínhamos chegado naquele mesmo ano de mil setecentos e cinquenta, Vós com festas, salvas de tiros e fogos de artifício, bailes e procissões — como decerto os mereceis —, nós com medo, gemidos e solidão.

De um dia para outro transformou-se tudo na casa e em nossas vidas. Desde a madrugada de um sábado abriu-se a porta de nossa cela e trouxeram uma imensa tina cheia com água aquecida e perfumada para lavar longamente minha irmã Blandina e perfumá-la tal como se faz às noivas no dia de suas bodas. Apresentaram-lhe então novos e mais suntuosos trajes e calçados do que os que até então vestira nas mais solenes ocasiões, de seda e veludo branco, abundância de rendas também alvas e fitas de cetim colorido, e com eles as mais valiosas joias da família, dignas até mesmo das poderosas senhoras da Casa da Torre que algumas vezes havíamos admirado em festas religiosas. Pessoas desconhecidas nossas apareceram para prepará-la. Longamente lavaram, empoaram e pentearam-lhe de modo extravagante os cabelos — como se dizia usarem as damas de Vossa Corte e da de França — e sobre eles depositaram um véu de renda branca a cobrir-lhe a meias o rosto, encimado por uma singela mas impressionante grinalda de botões de rosas brancas.

Quando lhe apresentaram um grande espelho de prata polida para que se mirasse, Blandina, pela primeira vez em mais de um ano, sorriu. Logo compreendi que se imaginava vestida de noiva para casar-se com o bastardo de Távora e que em nada mais havia pensado e nada mais a interessava, parada no tempo desde que ele se fora. Minha dureza, havia tanto cultivada para proteger a ela e a mim mesma, desfez-se no mesmo instante e não pude conter as fartas lágrimas que me saltaram dos olhos e os soluços a sacudir-me enquanto ela me abraçava, a crer que de emoção e alegria era meu pranto. Muito chorei então, com o rosto escondido em suas rendas, pela primeira vez sendo eu a frágil, amparada por ela que se sentia forte e gloriosa naquela hora. Não tive coragem de desfazer-lhe a ilusão, contive-me como pude e a acompanhei até a carruagem enfeitada de flores e frisos dourados em que a embarcaram, ela feliz como a noiva que vai para as bodas muito esperadas.

Segui com ela e seu sorriso embevecido até às portas da cidade, onde me fizeram apear e subir a um dos outros carros mais modestos que vinham atrás. O primeiro, mais vistoso, trazia a nobre família, o pai, a pobre mãe desfalecente e as duas sinhazinhas mais pequenas, de luxo ataviadas e excitadas como passarinhos enfim soltos de suas gaiolas. No terceiro carro, mais acanhado, vinha o padre-mestre, primo de Sinhá Victória, com a aia dela, e nele fizeram-me também subir.

Não nos levaram diretamente a nenhum convento nem igreja, ao contrário, por todas as ruas nobres da cidade dava voltas a carruagem, anunciada por fogos de artifício, levando Blandina, seguida por todos os nossos carros, sem parecerem ter destino certo. Feliz e convencida de que se dirigia à igreja para unir-se a seu amado, minha pobre Sinhazinha afastava as cortinas para mostrar-se à janela e acenar sorrindo a todos os cavalheiros que a saudavam com seus chapéus ao alto e as damas a sorrir e agitar seus leques em sinal de louvor à sua beleza e sorte. No último dos carros, descoberto, vi numa curva do caminho nossa velha e querida Engrácia junto à já também cansada e gasta Bernarda, cada uma delas agarrada a uma pequena trouxa de pano equilibrada sobre os joelhos. Eu nada compreendia, até que me disse o padre-mestre, também fidalgo e entendedor dessas coisas, que quando se conduzia uma jovem ao mosteiro era aquela a tradição, para que todos admirassem a beleza que se ia ofertar a Deus Nosso Senhor, antes de escondê-la para sempre. Outra vez se me escaparam as lágrimas ao pensar na decepção e no horror que sentiria minha pobre irmã quando compreendesse o que de fato lhe acontecia. Foi então que concebi o plano de, com ou sem ordem do senhor, fugir do engenho e vir apresentar-me como serva de Blandina, pois me disse também o padre que ali a Sinhazinha não sentiria falta de casa, já que para estar com ela lhe havia o senhor de Castro dado as duas escravas às quais era mais apegada, assim como as demais enclausuradas também podiam ter com elas escravas e servas.

Depois de tantas voltas, chegamos à faustosa capela do convento do Desterro e desde fora das portas já se ouvia aquele canto entoado pelas monjas em coro reservado e separado do corpo da capela por grossas grades, a parecer, para os desavisados, vir de um coro de anjos. Descemos todos dos carros, menos Blandina, a quem seu pai, o orgulhoso Dom Afonso de Castro, fez esperar, sempre a sorrir extasiada por entre as cortinas da carruagem, crendo ainda, a pobrezinha enganada, que ali a conduzia seu pai para dá-la em matrimônio a um já lendário e nobilitado Diogo Lourenço de Távora. Sinhá Dona Victória de Castro e Freitas entrou na capela amparada por seu primo e sua aia, seguida pelas duas filhas menores, e foi levada até um estrado preparado junto ao altar ao qual subiram. Corri para a ponta do mais dianteiro dos bancos permitidos à plebe, para que Blandina me pudesse logo ver e assegurar-se, mas quando entrou caminhando solenemente pelo braço de seu pai trazia ainda o sorriso de enlevo, os olhos fixos bem adiante sonhando ver seu amado, e nem me viu.

Chegados à frente do altar, fizeram-na ajoelhar-se no único genuflexório ali preparado, enquanto seu pai subia para o estrado da família e um monsenhor qualquer ou mesmo o próprio bispo, trajando capa carmesim e chapéu da mesma cor, começou a mastigar suas muitas ladainhas em latim incompreensível num cantochão mal entoado, com sucessivos gestos de bênçãos.

Notei logo que Blandina se inquietava, movendo cada vez mais depressa a cabeça para um lado e outro, em busca do noivo que não aparecia. Fixei então eu o meu olhar nela para logo lançar-me a socorrê-la caso desvairasse, mas ela apenas continuou ali prostrada, exceto pela cabeça que se movia na mesma inútil procura.

Só a ela atenta, nem sei dizer quanto tempo decorreu naquelas liturgias, até que vi moverem-se a família, o bispo, formar-se após eles um cortejo de clérigos e fidalgos, à frente do qual fizeram, a custo, levantar-se Blandina e marchar, quase arrastada por seus pais, um de cada lado, a tomá-la pelos braços, até uma grande porta então aberta numa das paredes laterais da capela. Corri para junto dela, sem fazer caso dos que me queriam impedir, a tempo de ver que a abertura dava para um grande claustro, dentro do qual, a partir da porta, alinhavam-se duas fileiras de monjas a cantar mais litanias, tendo ao centro a Abadessa, portando à mão direita um cajado em tudo semelhante àquele do bispo, com a voluta voltada para a frente em sinal de que dali para dentro a ela pertencia o poder, enquanto o prelado voltava para seu próprio peito a voluta de seu báculo.

Apressuradamente entregaram aos braços da Abadessa e de uma sua assistente a minha pobre irmã e companheira, e a porta se fechou às costas de Blandina, para sempre. Nada pude fazer naquele instante, mas sabia que ela em pouco tempo morreria de melancolia, por mais que se esforçassem as boas Engrácia e Bernarda, também elas ali trancadas e doloridas por verem-se separadas dos seus. Decidi voltar, ainda sem saber por quais meios, para fechar-me ali com ela, enquanto precisasse de mim, que eu, profundamente triste, acreditava ser por pouco tempo, visto o estado de debilidade e melancolia da minha Sinhazinha.

Sentindo-me exausta, ou para escapar da dura realidade, adormeci tão logo acomodei-me no carro em que embarquei de volta ao engenho, onde fui acordada pelos brutos vascolejos da aia de Dona Victória. Arrastei-me tonta para o quarto-cela abandonado e larguei-me sobre a cama agora vazia, sem nem mesmo buscar algo de comer ou beber nem lavar-me, como se me quisesse entregar também eu à morte. Despertei já com o sol alto e sentindo-me faminta, sedenta e suja. Corri a lavar-me na senzala e alimentar-me na cozinha, refeita pelo longo sono e disposta a procurar meios de voltar o mais cedo possível ao Desterro, rezando ardentemente para encontrar Blandina ainda viva.

Juntei o pouco que era meu, guardado na única arca que restara no quarto, e mesclei às minhas cousas uns restos de minha querida irmã, suas velhas batas usadas que não lhe serviriam mais e os antigos trajes de gala abandonados primeiro pelo enganador vestido de noiva e logo pelo hábito e o véu religiosos. Bem no fundo, escondida num ângulo do móvel, encontrei uma minúscula medalha de ouro representando a Virgem da Conceição. Tudo juntei numa mesma trouxa, e a medalha atei a um cordão de cânhamo e pendurei em meu pescoço, oculta entre meus seios. Tudo aquilo poderia acarretar meios para que eu chegasse ao Desterro.

De mim mais ninguém fazia caso, toda a gente a afanar-se em torno de Dona Victória, entregue a mais graves crises de suas dores e aflições por sentir, talvez, além das suas próprias, as penas de sua filha, sabendo que nunca mais a veria pois assim havia decretado o senhor seu marido.

Pude então, sem nada para estorvar-me, a horas de sesta e silêncio, esgueirar-me até o quarto de estudos onde o padre-mestre guardava com fartura folhas de papel, penas e tinta, apossar-me deles e tratar de forjar uma carta assinada por Dom Afonso Antunes de Castro, dirigida à Senhora Dona Abadessa do Convento do Desterro de Salvador, Bahia, declarando que enviava a portadora dessa carta, Isabel Maria das Virgens Alves da Estrela, para recolher-se ao dito convento onde deveria servir à sua filha Dona Blandina de Castro e Freitas, em religião Sor Blandina das Sete Chagas de Cristo, devendo Isabel Maria aí permanecer enquanto vivesse sua senhora, podendo entretanto sair à rua e voltar tantas vezes quantas fossem necessárias para prover ao bem-estar de sua, dele, filha. À terceira tentativa pareceu-me haver chegado a boa forma e ninguém suspeitaria da falsidade daquele papel. Enrolei bem a carta em palhas finas de milho, atei-a com um cordão e passei a levá-la sempre escondida sob a roupa, junto ao meu peito.

Isso feito, dediquei-me, entre senzala, onde dormia, e cozinha onde comia e lavava vasilhas, a indagar por informações junto aos escravos que tudo sabiam, já que, por seus superiores considerados eles incapazes como não pessoas, frequentemente diziam-se segredos ao alcance de seus ouvidos como se ali não estivessem. Em menos de uma semana descobri, assim, haver Dom Afonso determinado a Eliseu Miúdo que preparasse dois bons cavalos para ir à cidade de São Salvador e voltar o mais velozmente possível, bem cedo na madrugada seguinte. Foi-me fácil, com o precioso auxílio de Nossa Senhora da Conceição representada em ouro, convencer ao meu antigo companheiro de jogos a levar-me com ele. Saí antes dele, ainda no escuro da noite, carregando na cabeça minha grande trouxa, para esperá-lo numa curva do caminho já distante do engenho, de modo a não ser percebida por ninguém mais.

Quiseram meus Santos protetores que o lugar onde devia ir Eliseu Miúdo fosse bastante perto do convento, segundo nos informaram uns passantes, podendo eu sem excessivo esforço subir por uma ladeira e logo ver-me diante da porta certa mas fechada, tocando a campainha ali posta para os visitantes, aproximadamente à hora do almoço como me diziam os roncos de meu ventre. Após três chamadas, com alguns minutos de intervalo entre elas, finalmente pude ouvir passos arrastados, o ruído da chave na fechadura e, aberta a porta, deparei-me com uma mulher modestamente vestida tal qual eu mesma, que me fez entrar e perguntou o que eu buscava. Expliquei-lhe que me mandava o senhor de Castro para servir sua filha ali recentemente enclausurada, como dizia a carta que ele mandava à abadessa. A serva trancou então a porta, mandou que me sentasse num banco ali naquele vestíbulo de onde se podia ver o amplo parlatório anteposto a grossas grades dividindo-o de outro salão, ambos adornados com luxo de imagens, pinturas e flores. Obedeci, aliviada por poder livrar-me do peso da trouxa pousada, enfim, a meu lado. Pediu-me a carta, entreguei-lhe o documento por mim fabricado e ela se foi com ele por outra porta também trancada, deixando-me ali só e já me sentindo outra vez prisioneira.

Passado longo tempo, durante o qual revistei com a maior atenção todos os recantos ao alcance de meus pés e meus olhos, tive de voltar às pressas a sentar-me junto à minha carga, com a cabeça abaixada em posição humilde, como se jamais a tivesse abandonado, tão logo ouvi ruídos junto à porta interna. A mesma serva chamava-me com um gesto para que a acompanhasse. Juntei minhas forças para levantar de novo a agora mais pesada carga e atravessei a porta que se abria para o grande claustro onde me esperava uma monja de véu preto, pequena e robusta, com ar, porém, imponente, tendo nas mãos a carta que eu trouxera. Perguntou-me se era Isabel Maria das Virgens, assenti, e ela mandou-me baixar e abrir a trouxa que eu trazia. Obedeci, ela logo verificou nada haver ali de muito valioso, senão um pequeno volume, encapado em velino, contendo o conhecido Sermão da Sexagésima e mais dois outros sermões do famoso pregador Padre António Vieira. Tomando do livro perguntou-me se o trazia para Dona Blandina. Respondi-lhe que me pertencia a mim e mostrei-lhe por dentro da capa a dedicatória feita pelo padre-mestre: "À minha melhor discípula no Engenho Paraíso, Isabel Maria das Virgens, para que ore sempre por seu mestre Pe. Jerónimo de Freitas". Olhou-me espantada a freira e perguntou se eu de fato sabia ler e escrever. Assegurei-lhe a verdade do que escrevera o padre-mestre e me dispus a provar-lhe quando assim o desejasse. Ela olhou-me com expressão de dúvida, meteu o livrinho em sua funda algibeira, e me disse que era cousa por demais valiosa para permanecer em mãos de uma simples serva que sequer teria tempo para lê-lo, pois deveria dedicar-me dia e noite a cuidar de minha senhora que se achava muito doente. Não me atrevi a protestar, temendo que me pusesse para fora sem meu livro nem a carta nem minha querida Blandina. Por certo contente com minha submissão, a monja sorriu, disse-me ser ela Sor Adélia de Santa Adélia, e que detinha o importante cargo de Cartorária do Convento sob cujos cuidados deviam estar todos os preciosos livros da casa. Mandou então que a serva me conduzisse com o resto de meus trastes à cela de Sor Blandina das Sete Chagas de Cristo.

Ah, Senhora, tenho a certeza de que até a Vós arrancaria lágrimas de compaixão o estado em que encontrei minha querida irmã! Muito mais de sete chagas tinha então, amarrada como estava em seu leito, com faixas e cordas grosseiras que lhe feriam os punhos e as pernas quando se contorcia, cada vez que ali entrava uma monja para aspergi-la com água benta, acreditando que pudesse estar possuída por um demônio, segundo me contou Bernarda, que a guardava naquele momento tratando de mantê-la o mais calma possível com seu incessante cafuné.

Desde o dia da chegada a haviam mandado amarrar as freiras, vestida apenas com os farrapos de seu vestido de noiva que rasgara em seu ataque de desespero. Suas duas escravas não ousavam desobedecer às ordens da temível Abadessa, faziam o pouco que podiam para mantê-la asseada e tentar alimentá-la. Corri em agonia a me debruçar sobre Blandina que mantinha os olhos abertos, esbugalhados e como vidrados, só parecendo recuperar algo de visão e expressão quando me viu e reconheceu-me, por fim, com mansas lágrimas descendo-lhe pelas faces, antes de cerrar os olhos, enfim apaziguada. Desatei imediatamente os laços que a prendiam, usando meus dedos e dentes, tão apertados estavam. Pedi à assombrada Bernarda que trouxesse água fresca, trapos limpos e mais o que houvesse para curar as feridas da pobre martirizada. Ouvi-a a chamar por Engrácia e falar-lhe por uma abertura que vi de relance a um canto da cela. Tomei-lhe o lugar junto a Blandina, continuando a acariciar-lhe a cabeça como se procurasse piolhos entre seus cabelos, costume das escravas nestas terras para adormecer suas crianças ou suas sinhás. Esperei a volta das negras a rezar desesperada a Nosso Senhor Jesus e a Sua Mãe, a pedir-lhes que olhassem naquela hora para sua ovelha tão chegada quanto estivera o próprio Senhor em sua Paixão.

Logo chegaram Bernarda e Engrácia trazendo tudo o que eu pedira e nos pusemos a tratar as feridas de Blandina, imóvel, lânguida e silenciosa, como a dormir, enfim, aliviada.

Enquanto me ajudavam, narraram-me o acontecido no dia em que ali se sepultou viva minha irmã. Tão logo fechou-se a porta da capela atrás da nova reclusa, puseram-se as freiras a tentar despi-la do traje de noiva para revesti-la do hábito castanho e do véu preto, mas não o puderam fazer, pôs-se ela a debater-se e a gemer, cada vez mais agitada e desvairada. E mais fortes eram suas convulsões quanto mais se amontoavam as freiras à sua volta, a dizer algumas que era apenas a emoção, outras que decerto era possessão demoníaca e algumas, mais sensatas, que era o desespero e a aflição de se ver encerrada para sempre naquela masmorra contra a sua vontade. Fizeram então vir várias de suas próprias escravas, das mais grandes e fortes, e as obrigaram a conter Blandina, carregá-la para a cela destinada a ela e amarrá-la daquele modo, por ordem expressa da Senhora Abadessa que ali mandava como rainha. Assim tinha estado Blandina desde então, e Bernarda e Engrácia não a deixavam só nem por um instante, alternando-se em vigílias junto dela, a tentar acalmá-la com suas carícias e rezas, e a mantê-la viva quase apenas com água e algum mel que conseguiam contrabandear.

Apresentaram-me então uma pequena gamela contendo pedaços de aipim bem cozido e adoçado com mel de abelha uruçu, colhido às escondidas no pomar do convento, porque nada mais vinha da cozinha comum, senão essa macaxeira, algum inhame e cuscuz de milho, raras lascas de peixe seco, e elas nada podiam fazer para comprar mantimentos e alimentar Blandina, que quase tudo recusava como se jejuasse ou quisesse morrer. Contaram-me que às outras monjas as famílias forneciam o suficiente para lautos banquetes, mas assim não fazia a família de Castro, decidida a esquecer a malfadada Blandina para sempre. Para elas duas, acostumadas à triste ração dos escravos, de farinha, macaxeira e cuscuz de milho, nenhuma diferença fazia a comida do mosteiro, mas Blandina, já tão fraca, quase não tinham como manter alimentada senão com garapa de água e mel. Ofereceram-me de comer, mas tanta pressa tinha eu para buscar como remediar aquilo que me contentei com quase nada. Separei as melhores roupas da Sinhazinha agora inúteis, escondi por baixo de minha bata mais longa uma bela saia de veludo bordado e pedi-lhes que uma delas me guiasse até à porta da rua. Disse à irmã porteira ter-me ordenado meu senhor que fosse cada dia ao mercado para abastecer minha senhora do necessário. Sem nenhum espanto, como diante de coisa costumeira, abriu-me ela prontamente a porta do claustro e o mesmo fez a serva do vestíbulo externo.

Saí pelas ruas da Bahia, atenta ao caminho para não me perder na volta, procurando onde havia possíveis compradores, e fui finalmente dar a um largo onde havia várias mulheres, a maioria delas negras, e alguns artesãos com suas bancas a negociar variados objetos, acepipes, peixes, frutas, verduras e serviços. Aproximei-me de uma vendedora de frutas de belo sorriso e olhos mansos e lhe perguntei quanto poderia pedir pela minha peça. Olhou-me bem de cima a baixo, fez sinal para que me curvasse até poder-me cochichar ao ouvido, aconselhando-me um preço bem alto, para começar, de modo a poder baixá-lo aos poucos para quem de fato se interessasse, de modo a convencê-lo de que me enganava e fazia um ótimo negócio. Assim comecei eu, com a primeira lição da boa mulher, meu aprendizado no comércio que muito me haveria de servir para o resto da vida. Observei como faziam, cantando a anunciar suas mercadorias, postei-me entre eles e tratei de imitá-los anunciando em alta voz "Olhe a saia, a mais bela saia à venda nesta cidade, olhe a saia!". Homens que passavam a pé detinham-se, apalpavam a roupa, faziam cara de desprezo, perguntavam pelo preço e se afastavam logo. Ali resisti por duas horas, sob o castigo do forte sol da tarde, até que vi parar diante de mim uma cadeirinha coberta, carregada por dois fortes escravos vestidos em librés verdes. Dela desceu uma senhora com adereços de fidalga, mas tantos eram esses e tão pintada sua cara que desconfiei ser a amante preferida de algum poderoso senhor. Pouco me importava! Bastava-me vender minha mercadoria pelo melhor preço que conseguisse e me permitisse levar de volta alguma coisa para fazer bem a minha pobre Blandina. A mulher perguntou o preço, segui o conselho recebido e o disse bem alto. Ela tomou da saia, pô-la diante de seu corpo, com meneios e voltas para que todos a vissem bem, repetindo algumas vezes o preço em tom interrogativo, e eu aquiescendo, ao ver como lhe interessava mostrar-se rica e poderosa. Cansando-se finalmente daquele jogo, a dama simplesmente abriu a pequena bolsa bordada que trazia presa à cintura e dali tirou um punhado de moedas brilhantes, de pura prata. Sem regatear, foi deixando cair uma a uma na minha mão aberta até completar-se o preço pedido. Fez mais uma volta em torno de si mesma com a luxuosa saia em exposição, subiu à sua cadeirinha e se foi, deixando-me assombrada com todo aquele dinheiro que eu jamais havia tido em minhas mãos! Fui à minha amiga e conselheira, ali junto a rir-se alegremente da cena anterior, e comprei todas as boas frutas que lhe restavam. A outra vendedora comprei um grande balaio trançado em folhas de coqueiro, àqueloutra feijões-verdes frescos e já debulhados, cebolas e alhos e pimentas doces, a um pescador, um bom pedaço de peixe fresco. De um curandeiro indígena, mais adiante, adquiri um grande frasco do que aqui chamam de lambedor, contendo mel de engenho temperado com várias ervas e especiarias, bom para acalmar e aliviar vários tipos de achaques comuns nesta terra doentia.

 Voltei ao convento sem errar o caminho, quase correndo a subir ladeiras, de tão contente estava com o êxito de minha primeira empreitada, o balaio cheio de mantimentos simples mas de muita serventia para reanimar minha doente, sentindo o agradável peso de várias moedas ainda em minha algibeira!

 Cheguei à porta quando já descambara o sol para o horizonte, badalavam os sinos da igreja e temi que já não me abrissem a porta. Para minha surpresa, no entanto, abriu-se imediatamente assim que dei o primeiro toque na sineta, como se a serva que atrás dela se escondia estivesse, àquela hora tardia, esperando por alguém e, de fato, via-a esticar pescoço e cabeça para fora da porta e espiar a rua para um lado e outro como se à procura de algo. Não lhe fiz caso e corri para junto de Blandina, rendendo Engrácia que a guardava naquele momento, para que fosse juntar-se a Bernarda e prepararem as duas o que de melhor pudessem para seduzir Blandina a comer ou beber alguma cousa de mais sustância. Ouvindo minha voz, a Sinhazinha, que me disseram ter estado calma durante minha ausência, abriu os olhos, mirou-me e me estendeu a mão que colhi entre as minhas, consolada por vê-la agora livre das amarras, aliviada do ardor das feridas, mais bem lavada e vestida, e embalada pelo cafuné de sua ama.

Por várias semanas repeti o mesmo caminho, mas jamais tive a mesma sorte da primeira surtida e cada vez travava-se um longo diálogo com os possíveis compradores até chegar a um preço mínimo e conseguir vender minha mercadoria. Fiz boa amizade, porém, com minha mestra de comércio, a bela e alegre negra Antónia das frutas, liberta pelo testamento de sua antiga senhora e sempre ali, fácil de encontrar, pronta a ajudar-me quando precisasse, me prometeu depois de saber os principais infortúnios de nossa história da qual nem por um instante duvidou. Assim nos sustivemos, cada uma segundo sua necessidade, Blandina, Engrácia, Bernarda e eu, até que se acabou tudo o que podíamos vender.

Blandina aos poucos retomara algum apetite e cores, embora permanecesse quase sempre muda, triste e alheia a tudo, interessando-se apenas um pouco quando eu conseguia emprestada a viola ou a flauta de outra monja, cuja serva se fizera nossa amiga, e eu lhe tocava ou cantava coisas de nossa infância, chegava a trautear ela também algumas notas, esboçava um leve e distante sorriso como se voltasse a um tempo de inocência quando a desgraça ainda lhe era desconhecida.

Não podíamos deixá-la novamente a perecer de fome e prostração, pois seu corpo enfraquecido só aceitava sumos de frutas, algum bocado de peixe, legumes leves e muito pouco mais. Eu já conseguira até, em dias de festa litúrgica e canto gregoriano solene, arrastá-la e acomodá-la no coro monástico para que pegasse gosto pelo pouco que havia de belo naquela vida a que estava irremediavelmente condenada.

Nem mesmo as escravas e eu recebíamos da cozinha do convento o suficiente para manter-nos com disposição para cuidá-la. Sem saber como resolver tal situação, cientes de que nada poderíamos esperar dos senhores de Castro, e nem tínhamos outros parentes, padrinhos ou benfeitores a quem pedir ajuda, saí a aconselhar-me com a experiente Antónia, imaginando que talvez pudesse vender meus serviços de escrivã e leitora como vira que faziam vários homens, alguns deles clérigos, abancados sob os arcos de prédios públicos e igrejas abertos para os largos e praças, recebendo pagamento por ler ou escrever cartas e outros papéis para os iletrados que eram tantos, quase todos. Antónia, porém, dissuadiu-me, revelando que jamais alguém acreditaria que uma mulher fosse capaz de fazer bem aquele ofício próprio dos homens, e aqueles que ali estavam compunham uma corporação à qual havia que pagar altos direitos, comprar a licença e o espaço para estabelecer-se e oficiar. Se eu os desafiasse, arriscava-me a duras represálias. Já me voltava para regressar ao mosteiro, desacoroçoada, sentindo cair-me a alma aos pés, mas então Antónia me chamou de volta e perguntou se não tinha Dona Blandina duas escravas. Assenti, e ela então me propôs que eu alugasse a outros os serviços de uma delas, fazendo dessa uma "negra de ganho" como o faziam tantos proprietários de vidas e forças humanas. Mostrou-me a direção em que estavam os mercadores de escravos, para venda ou aluguel, e me disse que para isso eu não necessitaria de licença, apenas de um documento que confirmasse meus direitos sobre a escrava. Agradeci-lhe os conselhos e informações e segui adiante para observar como se fazia esse tráfico. De fato, avistei vários ajuntamentos de escravos, parte deles atados por correntes, outros, de pele mais clara, soltos, a demonstrar suas habilidades e até vestidos em libré, e as mulheres trajadas com boas batas, panos da costa atravessados ao peito, grandes turbantes e colares de contas coloridas, certamente para pô-las em valor. Lá, de perto, pude observar os negociantes, a maioria deles brancos, alguns ciganos e até um que outro negro havia a alugar seus irmãos de raça. Mostrando interesse em alugar uma mulher, tratei com vários dos negociantes até compreender melhor como aquilo se fazia. Voltei um tanto descrente, pois ali não vira para venda nem aluguel mulheres tão velhas como Engrácia e Bernarda, e outro tanto aliviada por não ter de submetê-las a tal humilhação e sacrifício. Eu, se pudesse, preferia alugar-me a mim mesma, mas não sabia como nem onde fazê-lo com decência e nem poderia abandonar Blandina. Não tinha, então, nenhuma ideia para escaparmos da fome, que não fosse a de apresentar-me para alugar meu corpo jovem, forte e virgem no fundo de alguma taberna. Pus-me a rezar com fervor, a subir e descer as ladeiras daquela cidade, com as lágrimas a me escorrerem pela face, pedindo a Deus que me abrisse ao menos uma janela de salvação. Ele me ouviu antes que eu pedisse e já a havia aberto sem que eu soubesse.

Cheguei ao mosteiro arfante, forçando-me a conter o pranto, enxugando às pressas as lágrimas para não afligir mais ainda Blandina e nossas amas. Mal me olharam e logo me disseram que Dona Blandina estava tranquila e eu é que devia despachar-me logo para a cela da Madre Cartorária a qual me tinha vindo buscar e me queria falar ainda hoje. Já havia terminado o Ofício das Vésperas, apreensiva fui em busca dessa senhora, tentando adivinhar a nova questão a enfrentar, pois nada de bom podia eu esperar daquela senhora. Encontrei a cela indicada e parei à porta, assombrada com o luxo e o excesso de adornos cercando a monja, entre almofadas reclinada num móvel que aqui se chama marquesa, de palha da Índia trançada entre molduras de madeira preciosa caprichosamente entalhada. Mandou-me entrar, mas não me ofereceu assento. De pé, cabeça baixa simulando humildade, ouvi-a dizer que precisava de mim com urgência para negócio de alta importância a ser ainda naquela noite resolvido. Deu-me papel, pena e um frasco de tinta, e então mandou-me acomodar numa banqueta junto à escrivaninha posta a um canto da cela, para escrever-lhe na minha melhor caligrafia a oração da Ave-Maria. Percebi que me estava submetendo a algum tipo de prova, sem ideia do sentido daquilo. Fiz com cuidado a tarefa dada e, ao terminar, como vira fazer o padre-mestre, lancei um punhado de fina areia para isso contida numa vasilha de rica prata sobre o escritório, com gestos calmos e seguros à imitação de um escrivão de ofício, mantendo os olhos sempre abaixados como se temesse encará-la. Esperei que a areia secasse a tinta, assoprei pela janela a areia tingida, e estendi-lhe a folha com minha melhor escrita, sem nenhum borrão. Baixando ela os olhos para ler, pude então olhá-la eu de soslaio e perceber-lhe o ar de satisfação, um leve sorriso impossível ainda de compreender. Logo, porém, tornou-se clara sua intenção e tornei-me eu escrivã empregada e bem paga a seu serviço, encarregada de fazer com todo cuidado duas cópias de uma carta muito mal traçada por ela, naquela mesma noite, pois ao nascer do sol viria um mensageiro para levar uma das cópias urgentemente a seu destino, devendo a outra permanecer nos escaninhos do cartulário da casa. Queria ela me contratar para estar permanentemente a seu serviço, sob segredo, e estava por isso disposta a pagar-me, perguntando meu preço. Lembrando as lições de Antónia, propus uma quantia para mim bastante alta, acrescentando logo que, por ser ela quem era, eu aceitaria servi-la por um pouco menos. Tão ansiosa estava Sor Adélia que imediatamente aceitou o trato e assim me fiz a cartorária de fato do convento, como longamente Vos relatei no início desta desordenada carta. Assim me deu Nosso Senhor a graça de fazer-me capaz de prover às necessidades de minha Blandina e de nós, suas servidoras, sem sequer ter de sair à rua, embora eu o fizesse para abastecer nossa dispensa ou, vez por outra, apenas para aliviar-me do encerramento entre grossos muros.

Por vários meses vivemos assim numa aborrecida porém segura rotina, eu a escrever e ler durante as noites, ocupando-me de Blandina para reanimá-la o quanto me permitisse a sonolência durante os dias, e indo a cada semana às compras para prover-nos.

Minha Sinhazinha retomara aos poucos alguma saúde, sempre triste e alheada, mas dócil para cumprir as obrigações no coro da capela, nas horas de missa e dos muitos ofícios cantados em latim, coisa possível a ela graças ao bom ensino do nosso padre-mestre. Não tinha mais os acessos de desespero, gemidos e contorções de antes e apenas ao dormir e sonhar saía-lhe por vezes da boca o nome do amado traidor e ela se debatia.

Acostumávamo-nos àquela vida de tédio mitigado apenas pela distração produzida nos corredores pelas disputas entre as freiras e, estando Blandina um pouco mais disposta, pelas festas que se davam quase semanalmente no parlatório, ~~com declamação, dos dois lados das grades, de poemas de sentido dúbio, exibições teatrais e dos talentos musicais das enclausuradas, a cantar cantigas nada santas, ao contrário, demasiadamente profanas para mulheres supostamente consagradas à oração e ao louvor a Deus.~~ De tudo isso já Vos falei, Senhora, e não é mister repeti-lo. Basta-me, por hora, corrigir uma má impressão que Vos posso haver dado, fazendo-Vos crer que nenhuma santidade houvesse naquela casa, e isso justo não seria para com aquelas poucas que ali se encerraram por sua própria vontade e verdadeira vocação, mostrando-se sempre modestas em seus modos, recolhidas em oração ou em leituras piedosas e bondosas para com todas as demais, como ouvi dizer que Vossa Majestade um dia o desejou fazer, impedida porém por Vossos deveres para com o povo e a boa governança do Reino de Portugal e seus domínios. Há, decerto, em todos os mosteiros ~~mesmo os mais dissipados e falsos~~, verdadeiros diamantes ~~misturados à areia sem valor, e mais valiosos são por, vendo tudo que vai mal, mais sofrerem por amor de Nosso Senhor como vi por isso padecerem algumas delas no Desterro.~~

Certamente por mal de nossos pecados, porém, ainda não merecíamos a perfeita tranquilidade, e o Demônio escondia-se em algum vão do mundo à espera do momento de vir-nos novamente atenazar.

Desde que me deu Sor Adélia a tarefa de substituí-la, não me havia de queixar de tédio, pois ali na biblioteca, cuja chave entre meus seios agora habitava, suspensa de um cordão de elos de cobre a tingir-me cada dia a pele de um verde azinhavrado, custoso de alimpar, mas considerado por mim de pouco custo pela felicidade de poder abrir a qualquer hora as páginas de um livro, como asas de pássaro, avoava para muito longe, livre daqueles muros e grades.

Ao receber o estipêndio de minha primeira semana como escrivã bem paga, voltei às ruas e, além de prover-nos de alimentos, pude adquirir uma pequena e rústica viola, por certo furtada de outro pelo vendedor, como me sugeriam sua pressa e seu olhar assustado para um e outro lado. Pouco me importava donde vinha, apenas que me servia para induzir Blandina a tocar e cantar ou tocar-lhe eu algumas peças, algo para encher-lhe um pouco as horas mortas dos dias repetidos. Voltei alegre pela viola e por ter descoberto qual ofício me permitiria viver dignamente nestas brenhas, onde imperam os iletrados mas tão indispensáveis são as letras sobre papel.

De alguma esperança já me confortava e tínhamos uma rotina sem tropeços, eu ocupada demais para me deixar levar por memórias, sentimentos e ilusões passadas. O presente me prendia ao momento e a fadiga me presenteava com o imediato sono profundo.

Então o Demônio a nos atocaiar deu seu golpe. Por sorte interceptei eu uma carta lacrada e a Sor Blandina de Castro e Freitas endereçada. Saltou-me no peito o coração chegando-me quase à boca por adivinhar de quem haveria de ser a malfadada carta. Saí para o pomar do convento até o recanto mais ermo e abri o lacre para ler. Embaraçava-se-me a vista e tremiam-me as mãos, e só ao fim de muitas tentativas consegui finalmente decifrá-la. Vinha dele, sim, do intrujão havia muito desaparecido! Quase lhe podia ouvir a voz aveludada a desfiar protestos de amor eterno e a lamentar-se da imensa dor e desespero que o acometeram ao descobrir toda a sorte de desgraças que nos haviam acontecido sem que ele soubesse nem nos socorrer pudesse. Pedia, porém, que ela desse ordens para que ele, Diogo Lourenço de Távora e Salzedo, pudesse entrar no parlatório, pois em suas tentativas disseram-lhe não haver nas listas o nome dele, nem de ninguém mais autorizado, a visitá-la. Fizesse-lhe ela essa caridade antes que morresse de angústias, porque delas sofria e minguava havia muitas semanas, esperando abrir-se a porta para o parlatório, e que ela ali o fosse encontrar para porem-se ambos de acordo sobre o modo como ele propunha vir resgatá-la para viverem juntos, felizes e abençoados pelo santo sacramento do matrimônio. Dizia ainda estar, se preciso fosse, para sempre enquanto lhe durasse a vida, à espera de uma mensagem dela na hospedaria mais próxima ao Desterro, logo poucas portas depois de sair-se da igreja do convento tomando-se a direção da mão esquerda.

Ah, Senhora, se não soubesse eu tão bem de que lugar falava ele, um sujo estabelecimento em cuja frente tinha eu muitas vezes apressado o passo, por nojo e medo do olhar lúbrico a mim lançado pelos desocupados e ébrios encostados à sua entrada, talvez me tivesse detido a refletir e voltado ao estado razoável, mantido desde que me dispus a proteger minha irmã Blandina. Sabê-lo a poucos passos dali, porém, reacendeu em mim as brasas sob as cinzas dos desgostos escondidas de mim mesma.

Como louca corri, com a carta na mão, atravessei todo o convento sem nada ver, batendo-me contra móveis, colunas e gentes pelo caminho, como cega, de ódio ou de amor, não saberia dizer, saí pela porta afora e fui parar dentro daquele antro escuro a procurar por ele. Meus olhos, então, ainda ofuscados pelo forte sol das ruas, eram de fato incapazes de distinguir alguém nas sombras. Senti, antes de ver, um perfume de cravo ao qual reconheci sem dúvida e me entreguei estonteada aos dois braços a me cercarem. Era ele, e dizia palavras de amor, a tratar de persuadir-me de que me amava até mais do que a Blandina, a honra, no entanto, exigia que se casasse com ela, mas implorava que o ajudasse e permanecesse sempre junto a eles e seríamos felizes os três para sempre. A ofegar e arrepiar-me entre aqueles braços e sob os beijos tão desejados, nada mais me parecia mentira e entreguei-me voluntariamente a seus enganos, inteiramente alheia à sujeira e ao repugnante odor daquela espelunca, até sentir-me conduzida por um braço forte a enlaçar-me a cintura e uma mão macia envolvendo a minha, a descer ladeiras até junto ao mar, onde me fez sentar-me junto a ele sobre uma mureta de pedras como restos de um desembarcadouro abandonado. E ali fiquei inerte quase o dia todo, sem fome nem sede, saciando-se minha ilusão com as estrambóticas aventuras, justificativas e promessas ditas por aquela voz sedutora. E quis eu, contra toda razão, outra vez crer que eram verdades o que contava e prometia.

Segundo ele, tinha partido muito contrariado e triste pela profunda falta que lhe fazíamos Blandina e eu, mas certo de voltar em pouco tempo para casar-se com a mãe de seu filho. Fora obrigado por seu primo e senhor do engenho Dom João de Távora, ao qual muito devia, a dirigir-se à Vila de Santos para negociar cousas referentes ao estanco do sal com quem detinha o monopólio naquele porto. Era aquele um assunto de imensa importância para seu primo e protetor, pois precisava do sal para a conservação dos peixes e das carnes e para curtir os couros e peles, sem o que de quase nada lhe serviriam as grandes sesmarias que havia obtido até as margens do grande rio São Francisco com a intenção de enriquecer comerciando a carne, os peixes e os queijos e couros para abastecer a região das Minas do Ouro, para onde cada vez maior população acorria a fim de colher apenas cascalho do fundo dos rios ou escavar buracos nos barrancos não para plantar nada, somente em busca do metal precioso, a nada mais produzir senão ouro e pedras que não se podiam comer. Esse sal, do qual a prudência de Vossa Coroa instituiu e mantém o monopólio, proibindo que se possa colhê-lo dos vastos mares que nos cercam e obrigando a colônia a importá-lo do Reino, cedendo o direito de comerciá-lo apenas a uns poucos contratadores, os quais o sonegam à população para fazer subir os preços, amontoando-o em depósitos como nesse tal porto de Santos, provocando revoltas da população, ~~justas revoltas, a meu ver, estando os pobres obrigados a comer o pouco que têm sem sequer um mínimo de sabor do sal, e sem nada poder preservar para dias ainda mais magros~~. Devia Diogo, com sua arte das palavras convincentes, conseguir um acordo com algum desses contratadores para favorecer especialmente a seu primo e embarcar-lhe sal de algum modo para ambos vantajoso.

Era questão a resolver-se logo e ele partira certo de voltar talvez no mesmo barco que o levara. Lá chegando, porém, sentiu-se vigiado e perseguido por outros interessados no mesmo negócio e por oficiais da Coroa que zelavam pelos interesses do Vosso Reino nesses assuntos, tendo de esconder-se deles por várias semanas. Nisso havia dispendido todos os recursos de que dispunha e houve que, através de muitos e perigosos estratagemas, encontrar meios de escapar e retornar à Bahia.

Pouco a pouco, passando por inúmeros perigos e privações, mas servindo-se dos muitos conhecimentos e experiências que acumulara em aventuras e sofrimentos anteriores, dizia ele, acabou por adquirir valiosas informações. A mais valiosa delas era a de que o afamado padre Bartolomeu de Gusmão, chamado o Padre Voador, o qual se fizera crer morto em Portugal, por grave enfermidade no ano de 1724, para escapar das vistas da Santa Inquisição a vigiá-lo e caluniá-lo perigosamente por causa de seus inventos, suspeito de bruxaria pelos ignaros que nada compreendiam de sua ciência, dom por Deus a ele concedido para o bem de Vosso Império, na verdade estava vivo e lúcido, embora muito avançado em anos, de volta e escondido havia muito tempo em sua terra natal, a Vila de Santos, prosseguindo com seus estudos, mas mantendo em segredo suas novas invenções. A muito custo, através de serviços que prestara à senhora Dona Joana de Gusmão, irmã do Padre, mulher piedosa e dedicada a aliviar as dores dos mais desgraçados dos pobres daquelas terras, que eram muitos, conseguira aproximar-se do Padre Voador. O inventor já via próxima sua própria morte e buscava homem capaz de compreender a utilidade de suas criações e de levá-las a quem as pudesse realizar a serviço da grandeza de Vossa Majestade. Reconheceu em Diogo Lourenço o homem destinado a tal missão. Passou-lhe então todos os seus escritos e desenhos de suas novas invenções e de como construí-las para o uso útil à grandeza de Portugal e todos os seus domínios.

Em busca de recursos para pagar uma viagem segura em nau confiável de volta para a Bahia, pusera-se Diogo Lourenço a tratar com marinheiros e gente que agenciava o embarque de pessoas e mercadorias, passando seus dias nas tabernas junto ao cais onde aportavam chalupas e barcaças vindas dos navios ancorados ao largo. Ali ouvira confusas fábulas que talvez escondessem restos de verdades e pôs-se Diogo a percorrer as colinas, os mangues e as praias daquela ilha, tudo observando.

Mais de uma vez haviam-se referido os bebedores de aguardente do cais a um lendário pirata inglês de nome Thomas Cavendish que, dois séculos antes, escondendo-se numa ilha próxima chamada Bela, atacara as vilas de São Vicente e Santos, e era tanto o produto de seu roubo que sabiam eles em algum lugar de uma dessas ilhas existir enterrado um valioso tesouro desse flibusteiro, portador de carta de corso da Coroa de Inglaterra e devendo com ela dividir os ganhos. Certamente ali haveria escamoteado boa parte desses ganhos, bem longe do alcance das longas e cobiçosas mãos dos monarcas ingleses, ~~como o são as de todos os monarcas~~, diziam uns. Outros afirmavam que em Ilhabela havia ele enterrado seu grande baú por achar-se muito doente e seu navio em muito mau estado, preferindo deixar seguro seu tesouro em terras do Brasil para voltar um dia, se o favorecesse a sorte. Diversas notícias contraditórias se cruzavam sobre esse Cavendish, mas em um ponto concordavam todas, o de que em algum lugar dessa costa havia um valioso tesouro enterrado. Ouviu também Diogo, ou assim me narrava — pois jamais se sabe se são completas mentiras, meias verdades ou pura e sincera verdade o que sai daquela boca, a qual agora já não sei se ainda fala, se perdeu todos os dentes, se teve a língua cortada ou por qual parte do mundo anda a buscar ouvidos onde assoprar enganos —, que por duzentos anos haviam estado a escavoucar a tal de Ilhabela e nada haviam encontrado, tampouco nas cercanias da ilha de São Vicente.

Uma manhã, porém, decidido Diogo a caminhar pela praia desde a Vila de Santos até à de São Vicente, acompanhado apenas por um índio, ao avistarem uma pequena ilha a meio caminho, tão próxima à praia que se pode a ela chegar de pés secos quando bem baixa a maré, ouviu seu companheiro repetir várias vezes, apontando para lá, o nome Urubuqueçaba. Afirmou-me Diogo saber, com os rudimentos da língua geral dos gentios que aprendera, o significado de "queçaba", ou seja, lugar onde dormia alguma coisa ou alguém. Detendo-se a mirar o lugar, veio-lhe ao pensamento, como uma luz repentina, a palavra ouro em lugar de urubu, e acreditou que o som primitivo desse nome seria Ourobuqueçaba, e ali haveria, sim, o tal Cavendish de ter deixado enterrado e adormecido seu tesouro. Seguiu até às primeiras vivendas da Vila de São Vicente e dispensou o índio. Acomodou-se a um canto qualquer, onde de ninguém chamaria a atenção, esperou anoitecer e sair a lua, voltando então às escondidas até em frente à tal ilha, despiu-se, pois já subira a maré, numa touceira de mato escondeu suas roupas, botas e bacamarte, meteu-se pelas ondas, nu, levando apenas seu grande facão preso aos dentes até às rochas que cercavam Urubuqueçaba, logo abaixo da floresta a cobrir toda a ilha. Imaginou que o corsário deveria ser tão esperto quanto ele próprio, Diogo Lourenço, e havia de ter enterrado seu tesouro do lado que dá para o mar alto, na direção de alguma saliência ou sinal na rocha fácil de identificar. Ralando-se nas pedras, valentemente rodeou a ilha e logo encontrou um corte nas pedras, quase uma flecha, podendo muito bem indicar o lugar escolhido pelo corsário. Exatamente acima desse corte, algumas poucas braças para dentro da mata, pôs-se a cavar e antes do amanhecer havia encontrado o tesouro, tal como havia adivinhado sua extraordinária inspiração!

Tão bem contava o embusteiro e com tantos rasgos de heroísmo essa história, muito mais longamente do que Vos conto agora, Senhora, que parecia recitar um daqueles romances d'antanho, em versos, sobre valentes cavaleiros a correr inúmeros perigos para merecer suas damas, dos quais algumas vezes me pagaram para fazer cópias manuais. Quando pensava eu que ali terminava o conto, retomava ele o fôlego com novas peripécias.

Diogo prosseguiu contando que, ao ver os primeiros sinais da aurora, de novo enterrou o pesado baú contendo todo tipo de pedras, pérolas, sedas e metais preciosos, impossível de transportar sozinho assim nu e ferido. Haveria de voltar a buscá-lo com uma embarcação ou de outro modo possível. Preparou-se para dar a volta à ilha e retornar à praia para então pensar em novos planos, mas ao longe percebeu vultos de um grupo de homens armados a caminhar de um lado para outro à beira da água, como se buscassem algo ou alguém, várias vezes apontando em direção à ilha de Urubuqueçaba. Por certo alguém o havia seguido ou percebido quando para lá nadava sob o luar, ou haviam encontrado suas vestes, botas e armas escondidas entre os ramos, de algum modo fora denunciado sem saber de quê, pois nestas terras há sempre quem intente tirar proveito de ações, ainda que indignas, por desprezível recompensa.

Grande e resistente nadador que diz ser, Diogo afastou-se da ilha a nadar por debaixo d'água, como uma arraia, deixando emergir apenas a cabeça para retomar fôlego e afastando-se rapidamente do ponto para onde miravam os outros. Percebeu, à medida que clareava o horizonte, estar próximo a uma rocha arredondada e nua que ouvira chamarem Pedra Feiticeira, sobre a qual entramavam-se muitos relatos e lendas. Quase todos os incultos homens daquela terra acreditavam lá dentro viver uma bruxa a espreitar náufragos ou nadadores arrastados pela maré alta até sua pedra para os levar para dentro dela e enfeitiçá-los. Não ousavam aproximar-se dela.

Exausto, sem forças para chegar à praia e pelo risco de ser acorrentado e encarcerado por nada, o destemido bastardo de Távora para lá rumou e agarrou-se às saliências da pedra voltadas para o lado do mar, invisíveis para os outros na praia, seguro de que aqueles homens, supersticiosos e poltrões, não o viriam buscar por medo do feitiço.

Subiu como pôde a uma estreita superfície quase plana, ainda abaixo do cume da pedra a servir-lhe de trincheira, ali largou o corpo nu e exangue e perdeu os sentidos. Teria morrido de sede e queimado pelo sol, não fosse verdadeira outra versão sobre a mulher moradora daquele lugar. O próprio Padre Bartolomeu de Gusmão, disse-me Diogo — quando em contrita confissão nosso enganador lhe revelara o mal causado por ele a Blandina, por fraqueza frente à paixão que o enlouquecera e do que muito se arrependia —, lhe havia contado, como para consolá-lo e animá-lo, outra história. Uma mulher desde muitos anos passava as noites deitada sobre uma reentrância da pedra à beira-mar, à espera de um marinheiro que ela amava e a deixara prenhe e se fora pelo mar afora prometendo voltar logo. Não voltara e ela, pela imensa tristeza do abandono, perdeu a criança e enlouqueceu para sempre. Feneceu a criança, mas não a paixão da mãe pelo marujo que se fora, e todas as noites passava deitada ali, sobre a rocha onde se haviam amado tanto, a esperar pela volta dele, acendendo fogos e enviando sinais aos barcos que divisava no horizonte ou que em frente à barra do porto ancoravam. Por anos a fio assim prosseguiu, envelheceu sempre mais esfarrapada, com aspecto de bruxa, e a pedra passou a ser nomeada por uns Cama da Velha, por outros, Pedra Feiticeira.

Terá sido essa mulher que salvou Diogo Lourenço, segundo ele, pois lembrava-se de que, estando como morto, foi socorrido por uma velha, ao anoitecer, a dar-lhe água doce e fresca, espremida de um trapo de pano encharcado, gota a gota na boca dele, a curar-lhe com um unguento as feridas e a quentura do corpo um dia inteiro desprotegido ante o sol forte, acariciando-o e sussurrando seguidamente "amado meu, voltaste, enfim", aquecendo-o com seu próprio corpo, cobrindo-o com folhas de bananeira, e de frutos dela o alimentando, e dele assim cuidando durante várias noites e dias, até que ele recobrasse as forças e fosse capaz de compreender o que lhe acontecera. Crendo conhecer a triste história dessa mulher, condoeu-se dela o aventureiro e ali permaneceu por gratidão alguns dias, a cantar para ela canções de amor, fazendo-a feliz a crer ser ele seu marujo enfim retornado.

Por fim, obrigado a escapar à situação de perigo em que se achava, cumprir sua obrigação para com o primo e conseguir voltar para a Bahia, numa noite de lua, quando a velha dormia tranquila acalentada pela voz dele, Diogo desceu da pedra e foi-se, ainda nu, de volta à praia e, milagrosamente, encontrou suas coisas intactas onde as havia escondido.

Dali voltou a refugiar-se em casa de seu agora grande amigo padre Bartolomeu. Em casa dos Gusmão passou tempo suficiente para que o esquecessem os perseguidores, a aprender do Padre tudo o que ele tinha a lhe ensinar, a ouvir as extraordinárias histórias daquela família, do irmão Alexandre, um sábio que prestara serviços inestimáveis a Vosso avô, Dom João v, e de sua irmã Joana de Gusmão. Segundo os contos de Diogo Lourenço — que ouvia eu como histórias de fadas, sempre duvidando e desejando crer em tudo —, essa senhora, mulher por todos reconhecida como santa, uma vez, atingida por enfermidade fatal, por sua grande fé pedira ao marido que a levasse às margens do rio Iguape, cujas águas eram tidas como milagrosas, em cujas margens deitou-se e passou muitos dias em oração, obtendo por isso a graça da cura. Em sinal de agradecimento, frente a um altar de Nossa Senhora das Neves, Joana e seu esposo fizeram um voto de que, após a morte de um dos dois, o sobrevivente abandonaria a vida cômoda permitida por suas condições e sairia pelo mundo como peregrino, pregando a fé a quem encontrasse e servindo a Jesus Cristo na pessoa dos mais pobres e sofredores. Já então viúva, Dona Joana partira pelos sertões afora, primeiro em direção ao Rio de Janeiro, sem temer perigos, afrontando por montanhas e rios, sem outro abrigo senão as árvores do caminho, as inclemências do tempo, dormindo e se alimentando daquilo que lhe oferecia a natureza. Dali tinha voltado à Vila de Santos, em cujas cercanias ele, o heroico Diogo, a tinha encontrado diante de grande perigo, em meio a uma tempestade que arrancava árvores ameaçando a vida de quem entre elas se abrigasse, e a tinha protegido, conduzindo--a sã e salva até à residência de sua família. Refeita, havia ela partido então em direção ao sul, pela beira-mar ou serra acima, prosseguindo na mesma missão, vestida apenas em negro hábito de beata peregrina e levando suspenso diante do peito um pequeno oratório com a imagem do Menino Deus, pelos caminhos estendendo a mão para receber e distribuir esmolas e levando o povo à oração e à caridade.

Assim me entretinha o sedutor com intrincados relatos, entremeados por protestos de amor eterno em seu coração igualmente dividido entre Blandina e eu. Sabedora como era de todos os infortúnios e dores a que me arriscava ouvindo-o, na minha mistura de amor e ódio por ele, entre meu desejo de vingança contra ele e de seus beijos, como mosca a se debater em teia de aranha, ali me deixei ficar até o pôr do sol, quando tive de voltar correndo à portaria do mosteiro e atender à minha irmã.

Levava eu absurdas esperanças, pois ele havia jurado que, finalmente, de posse das preciosas instruções e plantas para construir a famosa Passarola do Padre Voador, precisava apenas de um pouco de tempo e recursos para construí-la e vir com ela voando resgatar-nos de um pátio do convento, e então voaríamos juntos para buscar o tesouro de Cavendish na ilha do Urubuqueçaba a fim de partir pelos céus para outras terras, ricos e livres para sempre! Louca eu, a querer crer no que sabia de certeza serem falsas promessas!

Já sabeis, Senhora, pois longa e confusamente ao começar esta carta Vos relatei tudo o que nos sucedeu na Bahia desde então, até que

Blandina descobriu que o bastardo por ali andava, e lhe recrudesceu a paixão, e quando Diogo desapareceu, indo-se, como disse, para o Timor, minha irmã feneceu mais e mais a cada dia para chegar ao ponto final, recusar-se a comer e beber, terminando a vida em meus braços. Preparando-a para ser encerrada na tumba a ela destinada no mosteiro, encontrei um seu testamento com letra trêmula mas reconhecível, deixando-me tudo o que possuía, não mais do que poucos móveis sem valor e seus trajes de monja, a pequena imagem do Menino Jesus e suas duas escravas.

Tão logo deslizou-se a pedra por cima do corpo frio de Blandina, comunicou-me a abadessa que deveríamos imediatamente nos retirar e deixar livres os cômodos até então ocupados por ela, pois havia uma longa lista de candidatas a noviças esperando vagas, com grandes dotes dos quais o convento tinha urgente necessidade. Também eu tinha o desejo de partir logo daquela masmorra, mesmo sem saber para onde, e não me podendo imaginar proprietária de outras vidas humanas ofereci a alforria a Engrácia e Bernarda. Elas, porém, me suplicaram que, visto o serem já velhas e cansadas, não as libertasse, pois não saberiam como sobreviver pelas ruas nem ao engenho desejavam voltar, sabiam que seus filhos haviam sido vendidos ou mandados para longe por seu senhor e ali só as esperava o sofrimento. Pediram então que eu as doasse como escravas ao comum do convento, a cujas obrigações já se haviam acostumado e onde terminariam seus dias na senzala, com sofrimento, sim, mas pelo menos abrigadas da intempérie. Em lágrimas, escrevi então meu termo de doação ao convento, que apresentei à Abadessa, junto com o testamento de Blandina, e ela as aceitou, pois qualquer pequeno lucro a interessava.

Levando comigo apenas minhas roupas, minha enxerga pesada das folhas de papel ali armazenadas em meio a duas finas camadas de palha, e o pequeno Menino Jesus legado de minha querida irmã Blandina, deixei para trás aquelas pesadas portas.

Eu já não temia as ruas, certa de que poderia viver de minha única riqueza, a qual ninguém me poderia roubar, o meu saber das letras, legado precioso de nosso bom padre-mestre. Mais me enriqueci do tesouro das palavras e pensamentos nos anos que passei metida no cartulário do convento de monjas clarissas da Bahia, como serva de Dona Blandina, amada por mim como uma irmã de sangue que nunca tive, mas cuja morte, por cruel mal de amor pelo qual ali seu malvado pai a encerrou, não pude evitar. Sentia-me chamada a prosseguir pelo mundo e, talvez, se me fosse dada essa graça, denunciar em grandes letras e alta voz o mal que lhe haviam feito e a quase todas as mulheres desta colônia, a quem nos pudesse socorrer, como faço agora escrevendo a Vossa Majestade.

E para onde havia eu de ir, se já não tinha mais senhora que me abrigasse para servi-la no convento do Desterro, e no Engenho Paraíso nem me queriam eles, nem eu queria voltar? Para onde ir? Para debaixo de algum arco nas ruas da Bahia, tão perigosas e traiçoeiras para uma mulher?

Disso tudo havia muito sabia eu, e desde antes concebi o ardil de obter trajes adequados e fazer-me de homem cada vez que tinha de ir buscar à rua os meios para alimentar e curar minha amada irmã, a quem o pai tudo negava. Fazendo-me de macho, dotado do talento da escrita bela e escorreita, munido de folhas de papel, uma boa pena de metal, um frasco de tinta e lacre furtados do convento, mais alguns sinetes que talhei em madeira, muitas vezes me aventurei pelas ruas e tavernas, a ganhar tostões às custas dos iletrados senhores, sempre necessitados de quem lhes escrevesse cartas, petições, contratos e testamentos, falsos ou verdadeiros, e versos indecentes para presentear suas marafonas.

Assim permaneci ainda um ano na cidade do Salvador, abrigando-me por um punhado de réis na água-furtada da casa de uns comerciantes, que me tomavam por um estudante tímido e calado, a preparar-me para partir a Coimbra, mentira que me veio à boca logo que me perguntaram de onde vinha e para onde ia. Por uma escada externa à casa subia-se e descia-se desse sótão, e não faziam nenhum caso de mim se o aluguer lhes fosse pago no dia certo, coisa fácil para o discreto e bom forjador de documentos falsos e bem pagos em que me tornei.

Porém, desde que em busca de ouro e pedras, de mais terras e fortuna, um sem-número de senhores daquela cidade e aventureiros que desembarcavam das frotas abalaram para as Minas, levando consigo os escravos produtores da riqueza da Bahia, também parcos haviam de tornar-se meus ganhos e não pude deixar de segui-los.

Montando a mula que recebi em pagamento de várias ordens régias falsificadas com perfeição para um rico clérigo, juntei-me a um bando que para lá se dirigia pelos longos caminhos do sertão, trazendo consigo tudo o que tinham e acolá faltava, podendo-se vender com muito lucro: gado, carne e peixe secos para alimentarem-se, venderem e encherem os supinos ventres dos senhores do ouro, e mais luxos de porcelanas, tecidos, escravos, iguarias, especiarias, ferramentas, entre tantos outros. Para isso muito lhes serviam meus préstimos já que, iletrados, não podiam nem se defender das fraudes nem fraudarem eles mesmos os contratadores dos caminhos, pontes e passagens onde não se pode escapar do recolhimento ou do furto dos tributos.

Então, sim, fazia-me de muda ou quase muda, usando as mãos, esgares e movimentos de cabeça para comunicar-me — que nesses sertões de brutos, parcas são as palavras e pouca falta fazem — para me não arriscar a trair-me pelo tom de minha voz.

Assim vivi, eu, Joaquim, homem livre, útil à cobiça dos outros e à minha própria sobrevivência, por léguas sem fim do chamado Caminho dos Sertões cujo trânsito, embora o tenha querido proibir, nem Sua Majestade o Rei de Portugal em pessoa poderia controlar. Ia eu atenta aos moradores e viajantes, a perguntar-me para qual de todos aqueles sertões teria ido meu Pai, e se o poderia porventura encontrar ainda em vida. Por ali cheguei inteira até as Minas, mais forte em meu corpo e espírito e trazendo meu embornal mais pesado de moedas, as mesmas que agora devem estar acrescentadas às arcas dos que se dizem Vossos representantes e oficiais mas, aceitai meu testemunho, estaríeis mais bem servida sem eles.

Sem jamais suspeitarem de minha condição de fêmea, segui com os demais, por rios e estradas ou por veredas e picadas clandestinas, por onde vêm tão várias mercadorias proibidas e por onde voltam, quase sempre por contrabando, o ouro em pó e as pedras ~~para a vaidade dos Reis e da nobreza~~.

Por certo eles, os senhores das Minas do Ouro, com suas imensas panças, suas curtas pernas e a frouxidão que lhes dá a ociosidade, não haveriam de aguentar tal caminho, nem mesmo se carregados em redes pelos escravos. Eu, porém, feita para aguentar outro ser crescendo no meu ventre e expedita de corpo inteiro, nem por um momento me senti tentada a desmontar de minha mula ou a abandonar a viagem, desde a cidade da Bahia até aos Campos da Cachoeira, daí à aldeia de Santo Antônio de João Amaro e desse ponto à Tranqueira, onde o caminho se divide em dois e fomos obrigados a seguir à direita, pelo caminho mais longo, pois o mais curto diziam estar infestado pelos cobradores ou pelos ladrões dos tributos. Seguimos assim em direção aos Currais do Filgueira, às margens do rio das Rãs, daí aos currais do coronel Antônio Vieira Lima para chegar finalmente ao arraial de Matias Cardoso à margem do rio São Francisco, onde se juntam os caminhos que vêm de mais ao norte. Desse arraial, seguindo a rota do grande rio, foram cinquenta léguas por caatingas e várzeas até a Barra do Rio das Velhas, e mais oitenta léguas a subir pelos infinitos meandros que aquele rio traça até às minas de Sabará. Tudo isso suportei, melhor do que os homens da mesma caravana, pois para sofrer fui criada e mais cômoda do que eles estava eu sobre a sela porque nada tenho entre as pernas para me incomodar.

Tão bem me acostumara a ser Joaquim que me descuidei de meu corpo feminino, dos efeitos que sobre ele tem a Lua e, já às portas da vila de Sabará, traiu-me a natureza: ao saltar da montaria para apresentar aos oficiais de guarda minha perfeitamente falsificada certidão de batismo, viu-se um jorro de sangue manchar e escorrer pelo couro da sela e por entre as pernas de meu calção que já fora branco. Agarraram-me todos, por bem ou por mal, não sei, despiram-me das botas e do calção, não pude mais esconder quem sou e as vestes arrancadas me tomaram Vossos homens. Todo o resto do que era meu, a mula, o embornal, meus instrumentos de trabalho e a pecúnia que eu com eles ganhara, já não me pertencia, já nada tinha a perder, senão uma vaga esperança de encontrar meu Pai, e bem sabia que a pouca liberdade exterior de que gozara até então extinguia-se para sempre, quiçá como a minha própria vida. Tinha eu, então, não mais de vinte e dois anos de idade e já via findar-se minha vida, sem saber sequer se meu Pai ainda vivia.

Levaram-me, minhas mãos presas às costas por manilhas de ferro como se cativa eu fosse, até a casa de um qualquer oficial do reino, acusando-me de mentira e rebeldia, e então deram-me a palavra para defender-me como manda alguma lei que só cumprem para oprimir os fracos.

Se me mandavam falar, assim o fiz, que nunca me faltaram palavras embora para nada servissem, sabendo eles não ser eu, doravante, aquele Joaquim, de algum modo livre, que até às terras de ouro e pedras raras chegou por longos caminhos e grandes perigos, desde a cidade de São Salvador da Bahia, onde mais nenhuma liberdade nem salvação me era possível. Assim vestida, num velho camisão ensanguentado, e despida dos calções, botas, gibão e chapéu que escondiam minha verdadeira condição e me ofereciam o mínimo de liberdade ainda concedida aos homens brancos da arraia-miúda, nada me restava senão confessar-me apenas Maria, como tantas, Maria Isabel das Virgens, nascida num dia de festa da Visitação, mulher, sim, fêmea e nada mais, branca e pobre sem bens nem família nem padrinho que me amparassem, e por isso de nenhuma valia.

Diante de todos eles, um obeso que figurava de autoridade maior e os oficiais, escrivães e guardas que ali se amontoavam para ver-me, sem pôr mais peias à minha língua por tantas léguas calada, falei, falei no mais alto e insolente tom de que fui capaz. Porque palavras, sim, as tenho, mais e melhores do que as dos senhores dos engenhos, dos contratadores de caminhos e passagens a estas Minas e até mesmo do que os oficiais do Reino, que por moedas e favores escusos compraram seus cargos, palavras que me seriam negadas pelos costumes desta colônia, mas adquiri por minha própria inteligência e astúcia, permanecendo abscôndita e calada por trás dos reposteiros da casa-grande do engenho, onde por puro acaso me eduquei, a ouvir e espiar as lições do padre-mestre às indolentes e descuidadas filhas do fidalgo e a exercitar-me no traçado das letras, com uma varinha de taboca na fina areia da margem de um riacho, até tornar-me mais hábil na escrita do que o próprio padre-mestre e ele, então, preferir ensinar-me a mim que às sinhazinhas.

Bem sabia eu estarem eles a dar-me a palavra para defender-me apenas em cumprimento ao dito pelas leis do Reino, para que constassem dos autos daquele processo, falso por não me poderem acusar de crime algum — se a própria Santa Joana d'Arc de França, aconselhada por Santa Catarina de Alexandria em suas orações, de homem e guerreiro se vestira e, mesmo tendo perecido pela fogueira, vítima de algozes diabólicos, tornou-se santa e mártir e representada nas igrejas e capelas.

Se inúteis são Vossas leis para quem nenhum poder, riqueza, prestígio ou padrinho tem nestas colônias, mais nulas ainda são tais leis para as mulheres aqui nestas terras nascidas para nada mais senão servir à mesa e à cama dos varões, em suas alcovas e fogões, no fundo das tabernas se aí as quiserem ou, na sua melhor sorte, como penhor de alguma aliança entre famílias poderosas. Nenhuma dessas condições era a minha, nem as desejava eu e delas tentara fugir tornando-me Joaquim. E não o neguei.

Via o ar de profundo enfado nas caras deles, suas pálpebras a querer fechar-se em plena luz do meio-dia, por certo efeito da galhofada e do vinho da última noite, mas nem por isso refreei minha língua, sendo minhas palavras atrevidas o último bafejo de liberdade a alcançar-me antes de me encerrarem num calabouço escuro ou de atarem-me ao pelourinho, se me não mandassem simplesmente enforcar e esquartejar para escarmento das demais Marias.

Seria da preferência deles, como de todos os homens, bem sei, a mudez das mulheres, mas assim não quis Nosso Senhor ao dotar-nos, à revelia deles, de ideias e fala como as dos machos e, se me sentia livre para dizê-las diante d'Ele, tanto mais diante de quaisquer ignaros como me pareciam aqueles. Ninguém podia, porém, senão pela violência extrema, tolher a liberdade de meus pensamentos e calar minhas palavras, que usei até o fim para dizer o quanto os desprezava, a eles, não mais que escória humana revestida de rendas, veludo e seda, recheada da gordura malcheirosa com que se empanturram, sujos e nojentos, e por mais que os chamem ouvidor, ou governador, ou oficial ou seja lá o que for que os chamem, dizendo serem dignos representantes de Vossa Realeza, se não me calassem à força eu os insultaria e escarraria em suas carantonhas sem cessar.

PARTE 4
1792

*A*i, ai de nós, Senhora, ai de Vós, ai de mim! Nem sei mais se é a Vós que escrevo, se podereis ainda ler-me ou se só por escrever escrevo.

Eu, muitos meses atrás, tão confiante e quase serena, Vos vinha narrando de maneira bem mais ordenada a minha história até os caminhos das Minas Gerais, para Vos testemunhar de que modo, por nenhum crime, vim eu aqui parar, quando então senti embaralharem-se de novo minhas ideias e palavras, meus sentimentos e ânsias, sem saber ainda de uma epidemia de febres como as muitas a espalharem-se frequentemente nestes rincões. Temia outra vez perder o siso como quando aqui cheguei e já Vos contei e podeis vê-lo na forma atabalhoada das minhas muitas páginas há anos iniciadas. Ainda sem perceber a febre a crescer e a abater-me, pensei perdê-lo inteiramente quando — forçando meu corpo cansado a cumprir os mandados da casa e servir um chá no parlatório, para um grupo de clérigos e senhores que voltavam do Reino ou do Rio de Janeiro nas frotas recém-chegadas — ouvi, sem saber se as ouvia ditas por alguém junto às minhas ouças ou se tinha pesadelos de olhos abertos, palavras terríveis a misturarem-se todas em minha cabeça. Da algaravia que saía deles formou-se uma ainda maior em meu pensamento, onde se misturavam sem seguimento sentenças assustadoras, enforcaram o Tiradentes, a Rainha está louca, presos, muitos presos, o Alferes Joaquim José, Dona Maria Louca, Tomaz António Gonzaga, o traidor, traidores da Coroa, Angola, traidor da liberdade, enlouqueceu a pobre Rainha Dona Maria, Joaquim, Joaquim, Joaquim e assim se misturavam nomes que eu muito bem conhecia com palavras impossíveis de compreender. De mais nada me lembro, Senhora, pois em seguida perdi os sentidos, deixando cair ao chão a bandeja e as louças que trazia. Muito tempo permaneci queimando em febre e delírios, me disseram, e essas palavras voltavam constantemente a meus lábios ressecados.

Por vontade de Deus, ou milagre do Senhor dos Passos que a Vós também salvou uma vez de morte iminente, resisti e aos poucos arrefeceu a febre e se foi, depois de ter matado muitas das pobres Recolhidas desta casa. Tão fraca, porém, estava eu — e ainda estou — que não me podia levantar da rede pendurada a um canto do dormitório das Recolhidas de estado comum, onde haviam isolado as doentes e onde só Basília se lembrava de mim, dando-me a beber suas mezinhas e papas e pondo compressas d'água sobre minha cabeça e meu corpo ardentes. Salvou-me ela também, por certo, e quando fui capaz de erguer-me e andar trouxe-me de volta a esta minha cela, já Vossa bem conhecida de tanto lerdes o que escrevi até aqui.

Não sei se chegarei a ter forças para Vos contar o resto de minha vida, pela exaustão que me causou escrever essas poucas linhas. Rezai por mim, Senhora, que rezo eu cá por Vós, ainda sem saber de fato o que Vos acontece e sequer se ainda sois rainha de Portugal e de seu Império.

*
* *

Tento outra vez continuar meu relato, para chegar ao fim, à causa que aqui me trouxe. Treme minha mão, como decerto podeis ver pela escrita que aqui deito. Nem desejo nem forças terei mais para sair deste lugar, mas não tenho outra razão para manter-me viva senão a de dizer tudo.

Como Joaquim cheguei a Sabará e como Isabel das Virgens fui presa e maltratada. Não me levaram, porém, nem ao patíbulo nem ao pelourinho. Desinteressados de mim, como gatos se cansam de maltratar o rato, levantaram-se todos aqueles senhores que me interrogavam, e se foram, o principal deles dando ordens a uns soldados apenas com um descuidado gesto da mão. Ainda amarrada me arrastaram, levaram-me até uma das casas senhoriais daquela vila e baixaram-me a um porão sob ela, soltaram-me as mãos e se foram, deixando-me lá trancada. Por muitos e muitos dias ali me esqueceram e fiquei, inerte, nem sequer muito amedrontada, pois aquilo parecia simplesmente uma volta ao passado, quando o senhor de Castro nos havia feito encarcerar, a Blandina e a mim, no porão de sua própria casa, tão semelhantes eram esses lugares. Nem sei por quantos dias ali fiquei, suja de meu próprio sangue, recebendo uma vez por dia uma pequena gamela e uma cabaça com alguma comida e água, passadas rapidamente pelo vão da porta por mãos que a escuridão não me deixava sequer adivinhar a quem pertenciam. E de novo trancada me deixavam, dia e noite. Para minha grande surpresa e consolação, na segunda vez que se abriu aquela porta, junto à água e à comida, aquelas mãos lançaram-me minha velha e preciosa enxerga de palha e papel que viera enrolada à garupa de minha mula e não valia para eles nem um tostão.

Os dias eu passava ao pé de uma das aberturas gradeadas de dois palmos de altura a partir do rés do chão da rua lá fora, vendo passarem pés descalços, negros, morenos ou mesmo brancos, botas, barras de saias e de calções, tentando adivinhar que tipo de gente por ali vivia ou passava, e alguma vez escutando pedaços de conversas dos que se detinham a negociar, a murmurar ou conspirar junto à parede. Foi assim que sobre muito do que se passava naquela terra comecei a saber e a me precaver.

As noites, quando se calava a rua, eu as passava estendida para um inquieto sono sobre minha enxerga no chão de terra fria e úmida. Não sei por quanto tempo assim vivi, mas o suficiente para que eu soubesse que, de alguma maneira, poderia me sustentar se me soltassem, a fazer cópias de papéis verdadeiros ou falsos e poemas e sátiras e velhos livros raros que ali pareciam ser de grande interesse. Ganhei alguma esperança, assim, e podia dormir profundamente umas poucas horas da noite. Por isso talvez não tenha percebido que estava alguém a tentar libertar-me, cavoucando ao redor das grades para afrouxá-las, embora pela planta de meus pés nus sentisse, ao início de cada dia, como novos fragmentos de pedra e barro ao pé da abertura. Punha-me a cismar, mas não podia saber de onde vinham nem por quê, pois não havia nada em que eu pudesse subir para levar meus olhos à altura do chão da rua onde estavam fincadas as grades.

Estou cansada e se me fecham os olhos, Senhora, por isso digo em poucas palavras que em uma noite sem Lua, vindo da escuridão de fora, fui desperta por um assovio que de algum modo reconheci. Levantei-me e cheguei junto à parede no momento mesmo em que fortes mãos removiam de um tranco o resto das grades e imediatamente faziam descer uma estreita escadinha improvisada com galhos de árvores amarrados por cipós. Não hesitei, passei a quem lá estava primeiro minha enxerga e em seguida meu pobre corpo tão magro e leve.

Em dois tempos estava eu livre, na escuridão de uma noite sem Lua lá fora, incitada a seguir adiante por alguém que claudicava e logo reconheci, como mais um milagre, embora bem mais velho, Gregório, o africano salvo e liberto por meu Pai e com ele fugido do engenho dos Castro havia tantos anos! Levou-me em silêncio para fora da vila de Sabará, carregando-me nos braços por metade do caminho, até chegar a uma palhoça escondida no meio do mato que enchia uma rachadura na vertente de uma serra. Vinha atrás de nós alguém que eu não via nem conhecia e trazia minha enxerga, logo estendida por terra dentro da cabana. Sobre ela me puseram e sem nada mais ver adormeci, de pura exaustão, como a que me abate agora.

*
* *

Custa-me imensamente, mas tento. Hei de chegar ao fim desta história, ainda que mal contada. Meus pés e minhas mãos de carne e osso vão cada dia mais vagarosas, por isso mesmo hei de fazer correrem velozes minhas palavras para dizer o que me sucedeu naquelas terras das Minas.

*
* *

Não pude continuar naquele dia, mas hoje sinto mais firmes minhas mãos, mais claros meus olhos, e quase nada me dói.

Ao despertar na palhoça da serra, nem sei quantas horas ou dias depois, estava Gregório assentado no chão de terra pisada, sobre suas pernas cruzadas, a esperar por mim. Quis perguntar-lhe por meu Pai, mas nem foi necessário. Pela tristeza de seus olhos marejados, logo compreendi que meu Pai já não era deste mundo. Choramos os dois, de mãos dadas, por um longo tempo até que se nos secaram as lágrimas.

Protegida por Gregório e seu companheiro Jerônimo, crioulo, nascido já nestas terras, mas, como o africano, sedento de liberdade, fui-me refazendo pouco a pouco, sem deixar a cabana, e soube então como viviam eles e como meu Pai ali havia passado e por lá se havia perdido.

Ao fugir meu Pai com seu amigo para os sertões, acabaram os dois por juntar-se a uma caravana de ciganos que para o lado das Minas se dirigia às escondidas. Contou-me Gregório que uma dessas ciganas lera uma vez a sorte na palma da mão de meu Pai e lhe revelara que nada podia ver da vida futura dele próprio, mas sim que tinha uma filha e para essa filha a salvação viria pelos céus. Nem eles nem eu podíamos saber o que isso significava, mas guardei-o na memória como uma última lembrança, parte da herança de meu Pai junto com a amizade do velho africano.

Contou-me Gregório que com esse bando de gitanos seguiram por grande parte do caminho, margeando o rio São Francisco em direção à sua nascente. Ao chegarem, porém, à fronteira entre as terras da Bahia e as de Minas Gerais, tiveram de separar-se por conselho dos mesmos ciganos, pois para eles dali em diante tudo se tornava um grande perigo, proibidos que estavam de entrar nessas terras, como os negros forros, os estrangeiros sem permissão real, os frades de quaisquer ordens e outras classes de gente suspeita para a Coroa. Aconselharam também a meu Pai fazer crer que Gregório era escravo seu, pondo-lhe colar de ferro e correntes. Meu Pai não queria isso, mas o próprio Gregório o convenceu, ele enfim cedeu e os ciganos o ajudaram a fazê-lo. Com vários tropeços, acabaram por chegar, como eu, àquela Vila de Sabará, meu Pai com as rédeas dos outros cavalos atadas à sela de sua montaria e puxando por uma corrente o africano, que ia a pé e preso quando havia outra gente a vigiá-los.

Ali chegaram exaustos e magros, alimentados pelo caminho apenas com o que lhes dava a natureza, frutos e raízes, algum mel, ou peixe ou pequena caça, já sem mais nenhuma moeda das que meu pai recebera de seu patrão ao fugir da Bahia. Pensavam eles que bastava querer e ter disposição para trabalhar que o ouro encheria facilmente seus alforjes, mas logo perceberam que assim não era.

Já não se achava quase nenhuma pepita de valor pelos rios da região, esgotados pelas bateias dos primeiros ali chegados havia dezenas de anos, já não valia nada faiscar ouro de aluvião por aquelas bandas e era preciso escavar os barrancos para encontrar o precioso metal misturado à terra. O direito de escavar ainda que uma só braça de barranco se havia de comprar com dinheiro ou favores ou poderosos protetores. Nada disso tinha meu Pai nem seu suposto escravo. Por algum tempo sobreviveram pobremente do valor que conseguiam ao alugar os braços fortes de Gregório a quem tivesse uma concessão de lavra, como se escravo fora de fato, enquanto meu Pai tentava descobrir como e onde poderiam encontrar melhor sorte.

Foi então que meu Pai inteirou-se do sentimento de revolta e das conspirações que grassavam entre os ricos mineradores, o povo humilde e maltratado, e mesmo entre as autoridades locais, cada qual com seus interesses e planos, diante das exigências, ~~por certo mais que justas~~, dos impostos em ouro a serem pagos aos reis de Portugal, dos muitos modos que tinham os senhores dali para tentar burlar esses impostos e contrabandear o ouro, e de como o castigo por esses atos sempre recaía mais pesado sobre os mais fracos, feitos de bodes expiatórios.

Embora de temperamento forte e por vezes explosivo, era meu Pai por caráter homem de paz e temeu meter-se ou ser metido nas inúmeras querelas que a cada dia se enredavam na região mais povoada das Minas. Tão logo sentiu-se capaz, pelas boas informações que ele mesmo e Gregório puderam arrecadar, decidiu seguir adiante, para lugares ainda pouco explorados, onde diziam haver ouro de aluvião ou pedras de valor, e arriscar a sorte no desconhecido em lugar de deixar-se ficar, por falta de coragem, entre as esparrelas já conhecidas e bem estabelecidas. Assim fizeram, seguindo para os lados dos campos de Goiás, buscando os leitos dos rios onde havia esperança de achar algo de valor, e de fato começavam a encontrar pequenas riquezas que lhes indicavam o caminho para prosperar, meu Pai sempre munido de seu falso documento de propriedade de Gregório como escravo e o negro levando, dentro do bentinho a lhe pender do peito, sua carta de alforria.

O que movia meu Pai era a certeza de que poderia um dia voltar rico, resgatar-me do engenho que fora obrigado abandonar e trazer-me para um lugar de prestígio nas Minas, onde é a riqueza que faz a nobreza. Poderia então oferecer belo dote para casar-me com um homem bom e fazer descendência para seu sangue.

    Não quis, porém, Nosso Senhor que se realizasse seu sonho. De maneira súbita, sem nenhuma razão anunciada nem compreendida, num dia em que seguiam os dois para um novo lugar promissor, ao atravessar um alto capão de mato, ouviram o estrondo e veio sobre eles uma chuva de chumbo de bacamarte. Caíram os dois, feridos e estupefatos. Ao escurecer e no silêncio que só o guizalhar dos grilos rompia, Gregório voltou a si, já não sangrava abundantemente e foi capaz de levantar-se, apesar das feridas. Cambaleando mais que nunca, buscou logo acudir a meu Pai, mas já nada pôde fazer. Muito mais atingido do que o negro, estava morto e já frio o corpo de João Antônio da Estrela. Nada mais podendo fazer para salvá-lo, da camisa de meu Pai morto Gregório rasgou tiras para bandar as próprias feridas, estancar algum sangue que ainda corria e, esquecendo-se das próprias dores, velou-o toda a noite, murmurando as preces que sabia, aquelas a Nossa Senhora do Rosário, a São Benedito e Santa Bárbara aprendidas nesta colônia e todas as demais rezas em estranha língua trazidas de sua terra de África, para que o espírito de meu Pai descansasse em paz. Ao amanhecer, na intenção de enterrar o corpo de seu amigo o mais fundo que pudesse para que não o alcançassem as feras, precisando de ferramentas, o negro se deu conta de que os cavalos e bestas que traziam consigo não estavam ali junto, nem mortos nem vivos, e imbuiu-se de uma última esperança. Metendo-se pela trilha que vinham seguindo, pôs-se a chamá-los com gritos e assovios, pouco lhe importando se ainda havia ali algum misterioso bacamarteiro decidido a acabar também com a vida dele. Como por milagre, depois de caminhar e chamar por um quarto de légua, ouviu relinchar um animal pouco adiante e encontrou-os todos vivos e juntos, por virem mais atrás do que os dois homens e terem escapado à saraiva de chumbo. Intactas estavam também as cargas que traziam, tornando ainda mais misterioso o ataque sofrido já que nada lhes haviam roubado. Do cinturão de meu Pai, o negro só retirou o documento que o fazia escravo, juntando-o a sua carta de alforria no escapulário que carregava sempre e uma pequena bolsa contendo o pouco e promissor ouro até então obtido. Os papéis lhe eram preciosos para estabelecer-se em algum lugar segundo condições melhores, como escravo ou como liberto. O pequeno saco com algum ouro e pedras era o legado intocável de meu Pai para mim. Tomando as pás que vinham no lombo das bestas, esfalfou-se o pobre Gregório para enterrar dignamente seu amigo, a mais de sete palmos de fundura, cobriu-o com a terra e sobre ela amontoou tantas pedras quantas pôde encontrar nas cercanias, com seu facão cortou galhos de árvore e esculpiu o melhor possível uma forte cruz para marcar a sepultura, na esperança de poder um dia vir buscar seus restos.

Nada mais me pôde dizer o africano, pois tão misteriosa foi a causa daquele ataque fatal que lhe faltavam palavras senão para dizer-me como, debilitado pelos ferimentos, à custa de muito tempo e esforço voltara à região de Sabará porque ali sabia como obter notícias da Bahia e, já conhecido como escravo de aluguel, podia simplesmente continuar a apresentar-se como tal sem sofrer a perseguição feita, por ordem de Vossa Coroa, aos negros forros.

Tendo vendido os animais que trouxera de volta e acrescentado seu valor ao pequeno cabedal que ajuntara com meu Pai, acreditava conseguir — ainda que anos e anos de trabalho duro lhe custasse, comendo pouco, vestindo pouco mais que uma curta tanga atada à cintura por cipós, calçando alpargatas de palha por ele mesmo trançada e vivendo numa palhoça de mato — acumular o suficiente para cumprir o desejo de meu Pai: ir-me resgatar e dotar-me como se deve para fazer de mim uma donzela de boa família. Por todos aqueles anos conseguira ter notícias de minha sorte por meio da amizade com tropeiros, contrabandistas e mascates que, por caminhos tortos, iam e vinham entre a Bahia e as Minas, e assim soubera que estava eu encarcerada em Sabará e preparara minha fuga.

Entre a dura labuta na mina e o trabalho de buscar alimentos que me pudessem recuperar e fortalecer, todo o resto de seu tempo Gregório dedicava a proteger-me, tratar-me e a imaginar como poderia entesourar um dote suficiente para cumprir sua muda promessa a meu Pai. Eu, por meu lado, tratava de convencê-lo de que não só a ele cabia essa tarefa, mas que eu mesma podia conseguir recursos, explicando-lhe o valor do meu saber das letras, que muito lhe custava compreender e crer.

Tive então uma ideia que finalmente o convenceu. De tanto fazer cópias clandestinas dos desavergonhados poemas daquele outro Gregório, o de Matos, sabia de memória muitos deles. Lembrando-me do sucesso que tinha o maldito Diogo Lourenço ao vendê-los pelas tabernas da Bahia, pela primeira vez abri minha enxerga e dali recuperei algumas folhas de papel quase em branco, milagrosamente inteiras, certamente por obra e graça de minha madrinha Santa Isabel. Pedi a Gregório que tentasse conseguir alguma tinta e penas de metal ou ao menos de ganso para pôr-me a escrever.

Poucos dias depois tinha eu o que precisava e afanei-me a fazer cópias dos mais despudorados poemas de que me recordava, completando-os com versos obscenos de minha própria lavra quando me falhava a memória. Foi fácil para o negro encontrar quem os quisesse comprar, ainda que por preço vil, mas suficiente para fazê-lo compreender que a combinação de sua força e coragem com minha arte e conhecimento podia mudar nossa vida.

Não Vos ofendais, Senhora, com essas coisas vergonhosas que Vos confesso aqui, pois já Vos disse que o faço para que creiais não serem enganos tudo o demais escrito nesta carta, e por certo sabeis como são e as imoralidades e crimes que perpetram os homens poderosos de Vossos Reinos, aos quais uma pobre mulher não tem força para se opor e nada mais pode fazer senão voltá-los contra eles.

Com mais fartos alimentos e novas esperanças, recuperava eu as forças e já me sentia quase tão capaz e valente quanto o era ao deixar a Bahia. Na pequena vila de Sabará, porém, não eram tantos os que sabiam ler ou ricos o bastante para dissipar seus haveres em inúteis poemas. Logo começaram a rarear as encomendas. Descobrindo o valor pecuniário dos papéis escritos, e muito mais daqueles feitos em segredo para dissimular verdades ou mascarar mentiras como verdades, e que haveria outros empregos mais valiosos para minha escrita, Gregório entendeu ser impossível realizar nossos planos em Sabará.

Naquela vila, onde fora apanhada, processada e metida num calabouço do qual escapara e decerto me buscavam, não poderia eu aparecer e negociar tais serviços, quase sempre escusos, sob risco de ser reconhecida e de novo encarcerada ou condenada a pior sorte. Era para a opulenta e mais povoada Vila Rica e seus arredores que devíamos ir. Por muita insistência minha, aceitou meu protetor renunciar a parte do minúsculo tesouro amealhado para meu dote e adquirir para mim trajes masculinos, além de três animais capazes de levar-nos mais rapidamente para longe dali.

Talvez, como a mim, Senhora, Vos pareça invento fantasioso de meu espírito desordenado o que agora Vos contarei, mas Vos posso jurar que é pura verdade, pois, como o sabeis por Vossa própria experiência, milagres, sim, acontecem. Nas terras das Minas, em virtude das inúmeras proibições que nelas vigoram, todo tipo de bens que não brotem já feitos da própria terra e dependam de comércio para lá chegar de regiões distantes e do Reino, como os tecidos, trajes, ferramentas, louças e produtos de qualquer outra indústria, são sempre custosos de se encontrar à venda. Trajes de homem no tamanho adequado para meu corpo mais pequeno e esguio, capazes de cobrir-me decentemente e disfarçar meu verdadeiro aspecto, eram ainda mais difíceis de se achar e por muitos dias pôs-se Gregório discretamente a procurá-los, através de informações sigilosas de seus camaradas, escravos em casas de senhores e comerciantes.

Pensei sonhar no dia em que Gregório arriou de seu ombro ao chão um saco de aniagem e dali vi rolarem minhas velhas roupas masculinas, de quando me chamei Joaquim, ainda encardidas da terra dos longos caminhos e de meu sangue coagulado, as botas por certo demais estreitas e curtas para os pés grosseiros daqueles homens, meu velho embornal contendo um maço de bom papel, frascos de tintas, penas, meus falsos selos e sinetes e finalmente — este o maior milagre! — junto a eles, envolta em trapos, a pequena imagem do Menino Jesus que a Blandina pertencera e me ficara como sua única herança jubilosa! Alegrei-me por recuperar o mimo de minha querida irmã, sem sequer imaginar a importância que iria ter na minha vida! Não faltava na bolsa senão o saco de moedas que eu amealhara com minhas penas ao longo da jornada desde a Bahia.

Contou-me Gregório ter encontrado tudo aquilo escondido na casa de um dos soldados da guarda que me prendera à entrada de Sabará, quando meu sangue traíra minha verdadeira condição. Aproveitando-se do alvoroço causado pela espantosa descoberta de ser aquele tal Joaquim na verdade uma mulher, os soldados e demais homens ali juntos trataram de apossar-se à socapa de tudo o que me pertencia. Alguns de mais sorte e força apropriaram-se logo dos animais, selas, alforjes e arreios e àquele soldado só restaram as roupas e o pequeno embornal, mais fáceis de se reconhecer e mais difíceis de vender. Aguardava o soldado que eu fosse esquecida antes de arriscar-se a oferecê-los abertamente à venda, e feliz sentiu-se diante do espantoso preço que lhe ofereceu o africano por aqueles trastes.

Por vários dias foi preciso deixar aquelas roupas, as botas e o embornal vazio bem presos dentro de um balaio de cipós tecido por Gregório e atado a uma pedra junto ao olho d'água que brotava a um canto da grota onde se escondia nossa palhoça para que a água corrente lograsse limpá-las para poder-me vestir decentemente com elas.

Prontos, enfim, para viajar, vestida eu como um rapaz, mesmo que estivesse mais magra, e as roupas, mais frouxas, levando conosco o quase nada que possuíamos no lombo da terceira besta, pouco mais que minha velha enxerga de palha, guardiã de meu tesouro de papéis roubados do Desterro, a rede de carijó de Gregório e algumas poucas alfaias domésticas, montamos e saímos no meio da noite para não ser percebidos por ninguém. Assim partimos da Vila Real de Nossa Senhora da Conceição de Sabarabuçu: um rapaz pequeno e fraco e um velho escravo manco com seus parcos pertences. Pobres e sem importância devíamos parecer para que a nenhum bandoleiro interessasse nos assaltar, mas no velho e gasto embornal, agora limpo e pendente de meu ombro, ia tudo o que de fato tinha para mim imenso valor: as migalhas que nos restavam de ouro e pequenas pedras coloridas, os petrechos de meu ofício e um documento muito bem forjado por mim, agora nomeada João Antônio da Serra, assinado e selado com perfeição por uma autoridade competente permitindo estabelecer-me nas Minas Gerais como escrivão para prestar serviços a quem os solicitasse, além do documento herdado de meu Pai assegurando ser eu, agora ostentando seu nome, proprietário do escravo africano e coxo que me acompanhava portando ao pescoço seu enganoso libambo. Assim munidos, passamos pelos controladores de caminhos e viajamos sem grandes tropeços, senão a extensão do caminho, montanhas e vales acima e abaixo e, reanimados pela vista do que logo reconhecemos como o famoso Itacolomy, logramos chegar a nosso destino, a Vila Rica de Nossa Senhora do Pilar de Ouro Preto, dos grandes senhores e enorme população com a qual nos podíamos misturar despercebidos e traficar com minha escrita e meu condão de falsário. Cheios de esperanças chegamos à vila e pudemos logo encontrar abrigo por módico preço na água-furtada de um grande sobrado onde se alugavam os cômodos menos nobres e baias nas cavalariças. Nelas abrigamos nossos animais e o dedicado Gregório armava sua rede de dormir para deixar-me livre em meu estreito sótão.

Ah, Senhora, logo vereis como nunca cessam as atribulações das mulheres comuns, se não quiserem ou não puderem submeter-se ao poder dos homens para que, à guisa de proteção, logo lhes cortem as asas como se faz às aves de criação nos galinheiros. Prometo-Vos que deixarei de cansar-Vos com meu excesso de palavras e tratarei de contar-Vos mais agilmente o que me falta para que me possais fazer justiça, agora que tenho mais composta a vida e mais clara a mente, pois por tanto tempo desgarrou-se esta minha carta por mais tortuosos meandros do que o rio das Velhas.

De início, correu tudo como havíamos previsto: era fértil campo para meu trabalho aquela grande e movimentada povoação e os arraiais próximos, e de muito servia minha arte da escrita. Para proteger-me de novo desmascaramento de minha verdadeira identidade, passava os dias quase sempre encerrada em minha mansarda, a trabalhar até esgotarem-se meus olhos e doerem-me os dedos. Só ao anoitecer, quando me tornasse menos visível, saía eu, quase sempre acompanhada à distância pelo olhar protetor de Gregório, a encontrar os clientes nos becos mais escuros da cidade para negociar com eles todo tipo de tarefas a demandar boa caligrafia e artes, selos e sinetes de bom falsário.

Correu logo pelas redondezas, à boca pequena, a excelência de meus préstimos. Eram várias as encomendas a chegar-me, pelas mãos de meu aparente escravo, para cópias de poemas dos muitos que ali se julgavam grandes poetas, e tantas fiz que logo me acostumei a imitá--los, compondo eu mesma os versos, pois para isso não me faltavam palavras tanto para versos de sublime amor, ou laudatórios e piedosos, como para os de mofa e troça leve e divertida ou os descaradamente desavergonhados e satíricos que eu assinava com nomes de fantasia, criados por mim ou replicados de outros circulantes e famosos na região sem que ninguém assumisse abertamente sua autoria. Tudo isso se vendia ali muito mais facilmente e de modo constante do que na Vila de Sabará, mais acanhada. Outras vezes passava longas horas a forjar caprichosamente documentos oficiais para servir aos interesses dos poderosos ou para livrar de castigos os menos dotados pela fortuna. Logo aprendi a cobrar por meus serviços segundo o poder de cada cliente, a arrancar o máximo possível de quem muito possuía e, sem prejuízo para nossa sobrevivência, ser de alguma valia para os mais necessitados cuja sorte me comovia. Gregório já se tornara conhecido pelos becos escusos como mensageiro a quem se podia solicitar cópias de papéis já existentes ou encontros velados com um discreto e competente escriba e falsário.

A cada semana o africano e eu sopesávamos nossa bolsa de moedas e nos sentíamos mais ricos, enchendo-nos de ilusões. João Antônio da Serra não se podia queixar de falta de clientela para seu comércio de letras nem de insegurança ou dúvida quanto a um futuro de prosperidade. Parecia apenas questão de um pouco mais de tempo e persistência. O africano continuava a alugar aos mineradores seus braços ainda fortes, permitindo acrescentar à nossa bolsa mais alguns cobres e algum ouro em ínfimas pepitas que ele escondia entre seus cabelos emaranhados e eu recuperava a cada noite ao lavá-los cuidadosamente sobre uma bateia de madeira. Julgávamos assim poder manter por muitos anos nossa posição naquela sociedade: eu, João Antônio da Serra, jovem reinol instruído e tímido, proprietário de um único escravo estropiado mas ainda de alguma valia, o que me situava em estado respeitável e neutro naquele mundo de tantos degraus, conspirações, rivalidades e divisões. Não me custava tal situação, acostumada estava eu à reclusão, e meu trabalho, cada vez mais perfeito, me agradava e ocupava meus dias.

Passados mais de dois anos, sentindo-me acomodada e segura, comecei a descuidar-me e ousar sair à luz do dia, a visitar as belas igrejas erigidas por toda parte, os chafarizes caprichosamente esculpidos e beber de suas frescas águas, apreciar as fachadas dos sobrados suntuosos e até mesmo a esgueirar-me pelos cantos das tabernas onde se reuniam poetas a declamar seus poemas, e me acontecia reconhecer versos por mim mesma compostos mas como deles apresentados, provocando-me riso e desprezo pela mentira desses senhores, e me envaidecia de meu talento e meu segredo. Com tais distrações acreditava-me em paz, livre de outros desejos, consolada da saudade de minha irmã Blandina e esquecida do embusteiro de Távora. Deixei-me levar, Senhora, pela imprudência alimentada também pela vaidade e cada vez mais me arriscava. Era ainda pouco meu conhecimento do mundo e de suas perversidades e não previ a que me arriscava, com meu corpo delicado e meu rosto glabro.

Basta a lembrança da desdita que me ocorreu, Senhora, para esmorecer neste meu esforço de tudo revelar-Vos o mais pronto possível e poder-Vos enviar esta carta que tanto tarda e sinto doerem-me os olhos, a cabeça e a mão e enfraquecer-se a luz das brasas. Nem sei se serei abençoada com algum sono esta noite, mas hei de colher novas forças para seguir narrando. Amanhã... haverá ainda amanhã?

Amanhece, enfim. Diante de meus olhos, não sei se abertos ou fechados, durante a noite correu tudo o que se passou naqueles anos em que perambulei pelas Minas Gerais, sem fazer mal a ninguém senão a mim mesma, até, por pura mentira e malvadeza alheia, vir parar aqui neste Recolhimento onde tenho estado a estiolar-me como Vós já o sabeis. Com a luz da madrugada coando-se por minha exígua janela aberta para o nascente, dissipam-se os fantasmas e demônios e Vos posso contar sem mais delongas o essencial para fazer-Vos compreender e sentir a iniquidade a vitimar-me e, se não para salvar-me deste exílio, pois para isso já não creio que tempo haja, ao menos para que Vossa Real palavra me console e perdoe e seja publicada minha inocência e minha dor. Serei breve porque correm as horas e os dias passam, cada um mais veloz que o da véspera.

Tendo eu me descuidado e saído à luz do dia pelas ruas de Vila Rica, por certo fiz-me notar por gente sem escrúpulos e de maus costumes, por mais que eu tentasse comportar-me de maneira viril, por certo deixei notar-me afeminada. O fato é que, uma noite em que devia encontrar-me num dos muitos becos escuros com clientes desejosos de papéis espúrios, tendo Gregório se atardado a uma esquina para trocar palavras com um seu camarada, vi-me agarrada por mãos de rapina de homens a tentar despir-me e apalpar meu corpo, pondo-se logo um deles por trás de mim, levantando a aba de meu gibão e rasgando meu calção com vis intenções de sodomita. Em vão debatia-me desesperadamente para livrar-me daquele opróbrio, sem gritar para que não acorressem os guardas e não se descobrisse uma segunda vez minha condição de mulher e fosse eu outra vez exposta e encarcerada como em Sabará me acontecera. Por graça de Deus, antes que a torpeza dos outros me dominasse por completo, acorreram Gregório, munido do forte bastão em que usualmente se apoiava para poupar suas pernas desiguais, seu amigo, mais jovem e forte, e ambos valentemente puseram a correr os sodomitas e me salvaram, carregando-me nos ombros, como a um ferido em alguma das escaramuças ali frequentes, até a palhoça fora das ruas, onde se abrigava o amigo de Gregório, também ele negro forro fingindo-se de escravo alugado para ganhar a vida e escapar às suspeitas e perseguições. Ali fiquei vários dias escondida, buscando em meu espírito forças e inspiração para inventar outra maneira de sobreviver e prosseguir em minha luta antes de se abater sobre mim desgraça maior.

Um dia, revirando meus poucos pertences trazidos da água-furtada, em busca de um falso selo necessário para forjar uma ordem régia a mim incumbida através de Gregório, detive-me, tomada pela saudade, a contemplar a pequena e comovente imagem do Menino Jesus, herdada de minha amada irmã Blandina. Longamente refleti, enquanto me corriam todas as lágrimas por anos contidas, e então apiedou-se de minhas dores a minha Santa Isabel, e veio-me a lembrança da história de Joana de Gusmão, verdadeira fosse ou mentira inventada por Diogo Lourenço, pouco importava. Inspirei-me então nela e soube como prosseguir pela vida de outro modo e com menores perigos, pensava eu.

Pedi a Gregório que, com os recursos que tínhamos ainda bastantes em nossa bolsa, me comprasse duas batas de simples burel, panos brancos para servir-me de véus e mandasse fazer por um bom carpinteiro um pequeno e leve oratório de madeira, como tantos se veem naquela região, ornamentados com arabescos e flores em azul e vermelho. Sem muito esforço, logo tive em mãos essas prendas e pude trajar-me como uma inocente e santa beata andarilha, das que não faltam nesta colônia. Com fibras de cânhamo fabricamos como um colete que eu podia vestir e feito de tal modo que sustentava em meu peito o pequeno oratório conduzindo o menino Jesus num berço adornado com flores de papel colorido com índigo e urucum.

Saímos então a esmo e a pé pelas veredas menos palmilhadas, para afastar-nos logo dali, puxando por uma corda bruta uma única besta, a mais nova e forte das três que possuíamos, tendo vendido a bom preço as outras duas. Quase nada levávamos, além de meu precioso enxergão recheado de pouca palha e muito papel, e de meus petrechos de escrita. Quando nos sentimos bem longe de Vila Rica, metemo-nos por caminhos mais frequentados. Ao peito eu levava bem à mostra o pequeno oratório. Em cada cruz ou capelinha encontradas pelos caminhos, detínhamo-nos a rezar, eu recordando e entoando em alta voz e tons gregorianos longos salmos em latim que me fartara de ouvir no Desterro. Em pouco tempo aparecia e se reunia à nossa volta, de joelhos no chão bruto, todo tipo de gente que por esses caminhos passava, dos mais nobres e poderosos aos mais humildes e pobres, pois não há nessa colônia quem não tema o castigo depois da morte, tantos são os pecados que carregam ou creem carregar, e vivem a rezar para salvar-se sem deixar, porém, de cometê-los. Ao cessar a reza, tirava eu da algibeira pequenos retângulos de papel com cópias da Ave-Maria, o Padre-Nosso ou a Salve-Rainha, tudo em bom latim e iluminado por finos arabescos nas bordas. Bastava-me distribuí-los aos penitentes de ocasião para que logo fossem devotamente guardados em seus escapulários, que aqui usam todos para proteger-se de quebranto ou de má sorte, e me caíssem nas mãos moedas, alimentos ou outras coisas de pequeno valor. Era frequente que nos oferecessem pousada sob o telheiro de alguma casa simples ou em estrebaria de casa rica. Quando podíamos demorar-nos em alguma povoação, Gregório fazia correr dissimuladamente a notícia de que havia por ali alguém capaz de produzir qualquer documento de cuja verdade não duvidaria nenhum oficial do Reino, e assim retomava eu, por algum tempo, meu verdadeiro ofício, sem porém revelar-me.

Tornei-me de novo Isabel das Santas Virgens, beata logo conhecida pelos sertões que percorríamos. Em pouco tempo começaram a seguir-me, por longos trechos, todo um bando de deserdados que por lá andavam ao léu, e foram-se agregando a mim outras mulheres sem família, como eu deslocadas naquele mundo de varões onde nada valiam sem dote e sem outros atributos. Com minha fama de santa e a autoridade que me atribuíam, sentiam-se protegidas e não mais se afastavam de mim, encabeçando eu, ao longo de anos, um bando de beatas peregrinas, algumas quase meninas, outras já muito velhas e, com o tempo, passamos nós a semear cruzes pelos caminhos. Em várias povoações a notícia de nossa vinda chegava bem antes de nós e muitas vezes éramos recebidas pelo próprio cura do lugar, quando o havia, ou pelo povo reunido na igreja, com rezas e festejos que se estendiam às vezes por três dias. Mais velho e mais manco, seguia-nos fielmente nosso Gregório sem nunca queixar-se e sempre capaz de conseguir o que necessitávamos para abrigar-nos, alimentar-nos ou curar-nos de ferimentos e mazelas.

Eram muitos e bem prezados os beatos que atravessavam os sertões distribuindo consolação para os mais humilhados, e nossa vida assim pôde alongar-se por muitos anos. Minhas forças, no entanto, começavam a declinar e cada vez mais me custava abandonar os lugares de pouso e prosseguir na eterna romaria. Fraca estava eu quando me atacou uma estranha febre, detendo-nos por muitas semanas sob um telheiro abandonado à beira de uma estrada, e por mais que me fizessem beber toda sorte de mezinhas e chás eu não arribava, meu estômago rejeitava e expelia quase todo alimento, agitava-me em agonia e jamais conseguia dormir por algumas horas. Eu definhava cada dia e já se preparavam, com orações e lamentos, para chorar a minha morte, até que uma manhã, sem que se saiba como nem por quê, adormeci profundamente e despertei doze horas depois sem nenhuma febre nem dores e pedindo de comer, devorando com vontade todo alimento que tinham para oferecer-me.

Minha cura foi tida por todos como milagre, e espalhou-se a notícia, algumas de minhas seguidoras juravam haver visto uma grande luz riscar o céu no momento em que despertei curada e a partir daí muitos queriam ter-me sempre em sua proximidade, de modo que um fazendeiro das terras mais ao norte das Minas enviou-me um mensageiro com papéis escritos e selados, que reconheci logo como verdadeiros, fazendo-me a doação de uma propriedade de terra já desbravada, com casa-grande, ampla e destacada capela, paióis, curral, e bastante terra cultivável, bem próxima de um caminho de muito trânsito.

Acreditei que fosse tudo aquilo um sinal do céu a indicar-me novo destino. Parecia uma judiciosa decisão recolher-nos juntas à casa que me ofereciam, onde poderíamos com mais comodidade e menos perigos produzir nosso sustento, gozar do respeito que merecíamos e findar santamente nossos dias quando a cada uma chegasse sua hora. E assim fizemos. Naquela propriedade montamos casa e todas as mulheres que comigo vinham puderam lá estabelecer-se, sem nenhuns luxos nem criados ou escravos, mas com decência e modéstia iguais entre nós como verdadeiras irmãs de sangue. À porteira da pequena fazenda fizemos fincar o estandarte das Santas Virgens tecido e bordado pelos acolhedores e piedosos moradores de um povoado, que desde então carregávamos à frente de nosso cortejo. Do nascer ao pôr do sol trabalhávamos, cultivando a terra, cuidando da criação de animais, modelando e queimando o barro, colhendo fibras, cipós e tabocas, e assim produzíamos inúmeros objetos de muita serventia, tantos que os vendíamos num pequeno armazém junto à porteira de nossas terras, e mais inúmeros outros ofícios que entre nós sabíamos e o fruto de nosso trabalho era suficiente para nossa modesta vida e para atender aos necessitados que acorriam à nossa porta certos de serem bem recebidos. Ao cair do Sol, juntávamo-nos na capela a rezar o Ofício de Nossa Senhora ou a Via-Sacra ou novenas e salmos segundo os tempos litúrgicos, até que se nos pesassem os olhos e nos recolhêssemos a nossos catres ou redes para dormir até pouco antes do raiar do sol, quando recomeçávamos nossa faina diária. Por vários anos assim vivemos, em harmonia e irmandade entre nós e sinceras diante de Nosso Senhor e da Santa Mãe. Numa pequena casa de adobe, não longe da casa-grande, vivia e em paz envelhecia meu bom Gregório, sempre atento e disposto a dar-nos conselhos e a zelar por nossa segurança. Era uma ilha de paz nossa pequena fazenda.

De tal modo espalhou-se a fama da caridade que se fazia naquela casa que muitos ricos senhores, arrependidos e pretendendo penitenciar-se de seus pecados, preferiam lançar suas esmolas na caixa de nossa capela que deixá-las nos cofres da igrejas onde ministravam clérigos e não se sabia a que se destinariam, visto que muitos desses clérigos não primavam pela caridade e a sobriedade, antes viviam vida nada exemplar, como quaisquer outros daqueles senhores. Nunca imaginei, porém, que isso pudesse resultar no infortúnio que sobre nós se abateu.

Como a tantos recebíamos, cada dia, em nosso alpendre e em nossa capela, em busca de abrigo, alimento, cura ou oração e conselho, não nos espantou quando entre outros visitantes apareceu-nos um sacerdote dizendo-se enviado às Minas pelo Senhor Arcebispo da Bahia e pediu para ali permanecer em retiro durante alguns dias oferecendo-se para diariamente celebrarmos a Santa Missa, muito alegrando minhas companheiras, e permitimos que se acomodasse num quarto contíguo à sacristia de nossa capela, voltado para a casinha de Gregório. Por duas semanas permaneceu o dito padre em nossa propriedade, e cumpriu o prometido, celebrando-nos a Missa a cada amanhecer. Durante o dia, vinha-se para nosso alpendre ou acompanhava aquelas que iam em grupo para as roças, a pesca ou pastorear os animais, propunha-se a ajudar nos labores e fazia muitas perguntas sobre nosso modo de vida e nossa história, mostrando-se muito admirado do que lhe contávamos. Parecia honesto e benévolo e nada de mau poderíamos dizer de seu comportamento. Assim ficou por mais de duas semanas e finalmente se despediu, dizendo que tomava de volta o caminho para a Bahia.

Prosseguiu nossa vida como antes, ainda por uns poucos anos, e tínhamos quase esquecido a passagem desse padre quando nos apareceu um segundo clérigo, apresentando-se da mesma maneira que o primeiro e solicitando o mesmo tratamento dado ao outro. A mim soou estranha e suspeita tal coincidência, mas o entusiasmo de minhas companheiras em ter novamente por dias a fio a Sagrada Eucaristia em nossa própria casa fez-me afastar minhas vagas desconfianças e o aceitamos sem delongas. De modo semelhante ao primeiro, menos afeito ao trabalho, porém, metia-se o tal padre onde trabalhavam minhas companheiras e as enchia de perguntas sobre nossa vida, às quais elas respondiam com toda sinceridade, certas que estavam de ser boa e santa nossa vida e de não termos nada que nos envergonhasse e devesse ser escondido.

Ao fim de sua estada, porém, sem nem agradecer-nos por acolhê-lo, o dito clérigo chamou-me sozinha à capela e começou um espantoso discurso a acusar-me de astuciosa e desobediente à Coroa, dissimulada e desonesta, dizendo que eu havia enganado o bom padre que antes havia vindo verificar a acusação que chegara ao Arcebispo da Bahia, por parte do cura da paróquia mais próxima, de que minha casa e minha intenção não era senão a tentativa de fundar um convento de freiras clandestino, contrariando, sub-repticiamente e usando de subterfúgios desonestos, as ordens expressas da Coroa proibindo esses atos sem a permissão expressa da Mesa de Consciência e Ordens, coisa mais grave ainda se feita na região das Minas onde até as Ordens religiosas masculinas já estabelecidas no Brasil estavam proibidas de entrar. Dizia ter eu obtido por minhas manobras um relato favorável do primeiro visitador ali enviado para verificar as acusações, mas tendo sido essas várias vezes reiteradas, viera ele, mais experiente e capaz, tendo então concluído serem elas verdadeiras, sendo ele testemunha contra mim. Não me deixou nada dizer, mas concedia-me o direito de defender-me por escrito, porque assim mandavam as leis. Fez-me sentar à mesa da sacristia, pôs-me papel, pena e tinta à minha frente e ordenou que escrevesse, pois sabia ser eu capaz de fazê-lo, sendo isso parte da suspeita que sobre mim recaía.

    O que podia eu fazer, Senhora, senão obedecer e confiar que com a proteção do céu e minhas próprias palavras pudesse contestar tais acusações? Deitei no papel toda a parte de minha história que não agravasse meu caso, como muitas passagens vergonhosas que Vós agora sabeis porque de Vós nada quero nem preciso esconder, e sinceramente neguei com a pura verdade aquilo de que injustamente me acusavam. Foi-se o visitador com suas acusações e com minha própria defesa, e eu nada mais podia fazer senão rezar e esperar. Rezar e esperar, sem nada dizer a minhas companheiras para que não sofressem como sofria eu, sozinha e insone sobre minha enxerga durante as longas horas noturnas, sem o trabalho e o bulício da casa para distrair-me do medo e da indignação. Passavam-se os meses, eu nenhum sinal recebia da Bahia, e aos poucos me fui iludindo, crendo que minhas sinceras palavras de defesa teriam produzido o justo efeito e nada mais me aconteceria de mau.

    Enganei-me, Senhora, mais uma vez em minha dura vida deixei-me enganar por eles e por mim mesma. Uma noite, logo antes da alvorada, fomos despertas pelo forte tropel de muitos cavalos aproximando-se velozmente de nós. Corremos assustadas às janelas e vimos que muitos homens vestindo fardas militares já cercavam nossa casa e desmontavam, pondo-se a dar pancadas nas portas com as coronhas de suas armas, quebrando-as e invadindo nossos aposentos, a gritar insistentemente por meu nome. Ao compreender o que se passava, desfeita da ilusão que me havia dominado nos últimos meses, sem me importar com minha camisa de dormir como única vestimenta, meus pés descalços e meus cabelos desgrenhados, avancei imediatamente ao encontro deles e me entreguei: Isabel das Virgens sou eu, sou eu, sou eu, bradei. Enquanto um deles com artes de comandante exibia um papel e resmungava palavras incompreensíveis como se o lesse, seus soldados avançaram sobre mim e me agrilhoaram, arrastando-me para fora, atando-me com muitas cordas atravessada sobre o lombo de um cavalo, de modo que minha cabeça e meus pés pendiam de cada lado do animal. Nesse momento percebi que se voltavam para o lado da capela de onde vinha Gregório armado apenas com seu velho bastão e sua velha coragem avançando contra eles e em seguida ouvi um lancinante grito e nada mais pude ver porque os soldados me tapavam a visão. E partiram a galope puxando com eles o cavalo em que estava eu como que crucificada, de modo tão brutal que tive a esperança de morrer em poucos minutos e ver-me liberta de tanta dor e angústia. Impossível recordar-me e explicar-Vos, Senhora minha, de que modo, por quais caminhos me arrastaram, quase sempre desacordada de tantos maus-tratos, até chegarmos ao mar e acorrentarem-me ao porão de um navio onde por vários dias passei fome, sede e pavor, como todos os condenados ali submetidos à mesma sorte, que eu não podia ver na escuridão mas podia perceber serem muitos pelos gemidos constantes. Poupo-Vos de mais minúcias dos horrores pelos quais passei até aportar o barco ao largo de Olinda e me lançarem quase morta a um batelão de onde me retiraram oficiais do Reino que aqui me encerraram, neste Recolhimento da Conceição, onde me encontro ainda e por tanto tempo sofri paixão e morte como já Vos confessei e já não tenho forças para relembrar. Exaurida estou, Senhora, e nada mais me resta senão buscar meio de enviar-Vos esta carta, se é que isso é possível. Creio que jamais o saberei, pois sinto que se me encurta o tempo e esmoreço.

*
* *

 Aqui me encontro, Senhora, ou seja lá quem me leia, à beira da minha minúscula janela — que já não tenho forças para ir em busca de lume contra a escuridão da noite e da minh'alma — a aproveitar os últimos raios de luz do dia para escrever ainda, pois escrever tornou-se meu único socorro nesta vida sem sentido que é a minha, na esperança de que assim, das palavras, ainda que cada dia mais se embaralhem em meu pensamento, possa ainda surgir um destino, um norte, uma estrela a guiar-me, para onde não sei, para a morte, para o céu, para o inferno, para a liberdade e a mocidade perdidas, tornar-me peixe, ou pássaro, ou inseto que caminha sob a terra, a vagar para sempre pelo mundo de continentes, mares e ares que daqui ou em minha imaginação vagamente diviso, qualquer destino, desde que seja longe dos que tanto me martirizaram e nunca sentiram essa culpa.

 Não sei se deliro ou se melhor vejo do que nunca, Senhora! Levanto por vezes a vista do peitoril que me serve de mesa para escrever e perscruto a faixa de horizonte e o pouco céu que daqui posso ver — vício que me ficou do tempo em que minha tolice me fazia aguardar a passarola de Gusmão trazendo Diogo Lourenço — e agora pareço ver não a tal máquina de voar, mas sim um galeão navegando por uma rota que vem dar diretamente aqui onde estou… estranho e antigo galeão que parece pairar sobre as águas. A luz do ocaso lhe faz brilhar a quilha que não se afunda nem deixa rastro de espumas… e vem, vem, flutua acima das ondas. Agora vejo que voa, sim, sobe cada vez mais alto e para o topo desta colina se dirige. Vejo agora bem o capitão da nau e não é o malvado Diogo, não! Aproxima-se e já o reconheço e de tudo me recordo: a promessa da cigana a meu Pai, a salvação que me virá do céu. É ele, o Holandês Voador e seu barco encantado. Belo o vejo e bom sei que há de ser porque, neste mundo onde os maus detêm todo o poder, perseguidos e punidos são os generosos e valentes. Vem salvar-me e levar-me com ele, eu, a vilipendiada, castigada e perdida por não se ter querido dobrar aos poderes dos homens e da terra… salva estou e Vos prometo, Senhora, que Vos iremos salvar a Vós também.

 Mas o que faço aqui por trás destas grades? Dai-me forças, Senhor Deus, para correr ao grande terraço, baldear-me para o barco do Holandês e ir-me deste ergástulo, para sempre, com ele. Confiai, Senhora, que Vos iremos salvar.

Vou-me agora antes que os ventos fortes soprando contra a proa do galeão o desviem desta colina e de seu intento de resgatar-nos. Esperai, Senhora, esperai por mim que já posso ver nosso salvador a acenar-me. Vou com ele, em Vossas próprias mãos entregarei esta carta e então sabereis de toda a minha história que é também a Vossa.

1ª EDIÇÃO [2019] 3 reimpressões

ESTA OBRA FOI COMPOSTA PELA ABREU'S SYSTEM EM ADOBE GARAMOND
E IMPRESSA EM OFSETE PELA GEOGRÁFICA SOBRE PAPEL PÓLEN BOLD
DA SUZANO S.A. PARA A EDITORA SCHWARCZ EM JUNHO DE 2021

A marca FSC® é a garantia de que a madeira utilizada na fabricação do papel deste livro provém de florestas que foram gerenciadas de maneira ambientalmente correta, socialmente justa e economicamente viável, além de outras fontes de origem controlada.